赵琼，笔名琼子。生于1968年12月，河南淮阳人。教师，曾做编辑多年。河南省作家协会会员，河南省诗歌协会会员。曾在南开大学中文系进修当代文学，著有诗集《如歌的中板》等，现居郑州。

在期待之中

赵琼 著

河南大学出版社
HENAN UNIVERSITY PRESS
郑州

图书在版编目（CIP）数据

在期待之中 / 赵琼著. —郑州：河南大学出版社，2018.2

ISBN 978-7-5649-3249-7

Ⅰ. ①在… Ⅱ. ①赵… Ⅲ. ①诗集—中国—当代 Ⅳ. ①I227

中国版本图书馆 CIP 数据核字（2018）第 034470 号

责任编辑 韩 琳

责任校对 霍晓玉

封面设计 翟淼淼

出　　版 河南大学出版社

地址：郑州市郑东新区商务外环中华大厦2401号

邮编：450046

电话：0371-86059701（营销部）

网址：www.hupress.com

排　　版 郑州市今日文教印制有限公司

印　　刷 河南瑞之光印刷股份有限公司

版　　次 2018年4月第1版　　**印　　次** 2018年4月第1次印刷

开　　本 889mm×1194mm　1/32　　**印　　张** 7.75

字　　数 187千字　　**定　　价** 38.00元

（本书如有印装质量问题，请与河南大学出版社营销部联系调换）

目　录

第一辑　在这个城市里

第二辑　琥珀的心情

第三辑　一些片段

第四辑　存在与虚无

第五辑　时光碎片

在期待之中

我居住的这个城市开始了长久的荫翳的昏暗的冬天，有时是湿湿的冷，有时又是干涩的冷。有时很多天见不到太阳，所以，我尤其珍视那一个个拥有阳光的日子。在这样的冬天里我已经生活了很多年，感觉很漫长很漫长……

我想起20世纪初普鲁斯特生活的巴黎，他是怎样度过了那些湿冷的有雾的哮喘发作的日子；想起了阿赫玛托娃、茨维塔耶娃，在寒冷的俄罗斯是怎样度过了那些个艰难时日；我想起了策兰，想起了布罗茨基……想起了吃素的有着偏头痛的西蒙娜·薇依，她是怎样在劳作和疾病中度过了那些冬日……

在期待之中，是的，在期待之中！

我的生活我的日子，就是靠这样的信念，这样的期待这样的慰藉，才走到今天。

爱默生说："诗人的生活方式应当简朴单纯，任何风吹草动都会令他欣喜，一缕阳光足以让他欣喜，空气足以启迪他的灵感，流水足以令他陶醉。"

此时那投在书本上的阳光，那窗台上花丛里叽叽喳喳的小鸟，那室内生机勃勃的植物，那些读过的以及等待阅读的书籍，那磨损的地板，那褪色的窗帘……我爱着眼前的一切……

“在期待之中”是我生命中最喜欢的几个字，在我意识到这个之前，它早已随我的血液融入我的生命里并跟随至今，也许就在我第一次有思想的那一刻，不知道是几岁，三岁？两岁？还是五岁？也许就在我意识到我是一个生命，意识到我的生命是我自己时，我就爱上了这几个字，甚至在我不认识汉字也还没有思想时，我就已经用上这几个字了。

当我第一次有意识时，我就开始了冀希，当我为我的冀希填充了内容并付诸实施时，我就开始了期待：期待一支新铅笔，期待一双新鞋子，期待一件印满雏菊花的棉袄，期待那长长的假期，期待那夏日午后的漫长阅读……期待一次相遇，期待一次回眸，犹如薇依期待上帝的现身……

我开始知道西蒙娜·薇依是在 2003 年，读了她的《重负与神恩》《在期待之中》和《扎根》。薇依那苦行僧般的生活以及她对宗教和世界的理解，让我深深震撼，薇依热烈地爱着那底层劳作的生活，和薇依相比我们生活中的那些苦难实在是不足道啊！西蒙娜·薇依是我的导师——我的生活导师和我的哲学导师，她是我真正意义上的卢梭，我在心里珍藏着这个名字，很少和人谈起她。她的《重负与神恩》曾是那样慰藉了我，她的《在期待之中》，且不说它的本身意义，就这几个字，就让我深深爱上了她！但我依旧不能描摹她……昔日的一首诗代表我对她的致敬：

在期待之中

——致西蒙娜·薇依

在期待之中的你
脱离世俗

和劳动者生活在俗事里
逃离金钱活在贫困里
逃离知识活在劳作里
不去教堂没有洗礼　却
实实在在在基督似的受难里
健康给了疾病
生命给了信仰
在重负与神恩里

我坐在这里编写往日的诗歌，一种情绪弥漫着，我几乎不翻看那些诗歌，像尘封的一件往事，不能被轻易打开。

只要心还在跳动，爱和生活就要继续下去，我愿意带着自然赐给我的一切去生活，在生活面前已经无惧的我，期待能够挖掘那些我还没有触及的矿脉，期待将那些灵魂深处的声音付诸笔端。我相信有一天，阅读以及诗歌会带给我想要的一种纯粹意义上的灵魂和灵魂的交流。

这么多年过去，我依旧远离喧嚣，远离世人的生活。对我来说，在生活里能够谈谈诗歌、谈谈生活、谈谈此刻我涌漫的心情，都是一种奢望，我也早已不期待这些了……

我想，世俗里的学问、学术、职称、名利，一定不会带到另一个世界去，人们一定不会再因为担心侵扰彼此的生活（或时间）而过着犹如立于旷野般的生活了……

我期待有一天见到那些我想见的人，犹如《神曲》里描述的那样，柏拉图和苏格拉底、亚里士多德在冥界里交谈……

“从我的童年开始，想拥有某种绝对的需求就成为内心生活的轴心，在这个年龄应有的种种快乐中，我只对一种根本的快乐感到幸福，这快乐就是在于拥有（或思考）某种更珍贵、更稀少、更坚固、更持久的东西。”——用西蒙娜·薇依也喜欢的这句话作为我的结语吧！

赵　琼

2017 年 11 月 28 日

诗歌与生活

我想说，是诗歌也是生活。是诗歌教育了我，是诗歌滋养了我。一直是这样。简单的生活，简单的诗歌。

我总在想，怎么用简单的文字表达我的诗歌。不过分，不张扬。节制我的情感，节制我的语言。这是我对诗歌的理解，这是我对诗歌的尊重。因为一直活在死亡里，一直挣扎在尘埃里，一直在尘埃里歌唱；活得简单，一切都是为了那不简单的生活。简单地活着，认真地写作——这是我对生活、对诗歌的一种敬畏。

诗歌伴随我走过最灿烂也是最苦难、最不易的人生，它是我生命里最温暖、最持久的一个隐秘的情人。读早年的诗歌，如同看到当年的生活，透过每一首诗歌我都能看到昔日的自己，当日的阳光、空气的味道、当日的容颜，都一一再现。犹如普鲁斯特借助玛德莱娜奶茶回到在姨妈家把点心泡进茶里的那个下午，那点心的花纹，那渐渐在茶水里变形的椴花清晰就在眼前。我借助诗歌重现我昔日的时光。

第一辑：在这个城市里。这辑中收录的是我从 2000 年到 2004 年创作的一些诗歌，记录了那五年的生活和疾病，以及我每日的心情。它带着每一个日子的气息，每一个瞬间细小的情绪。用一首诗歌的名字来说——活在死亡里，在死亡里开始思索生命和人生。诗歌是我生活的记录，真正的生活又是诗歌无法表达的……爱、亲情、邻居的一次相助、路人的一个微笑，都让我感动，都是我的诗歌；遇见一个编我诗歌的编辑，一个读我诗歌的陌生人，都让我难忘。有次给朋友的信中我写道："诗歌，哪怕只经过一个人的阅读，对诗歌本身来说也是一场盛宴。"

《在这个城市里》这首诗，是我生活的状态：

我没有工作
没有了头发
和普鲁斯特一样
我每天呆在家里
你不会不知道　他
和我一样有着不治的哮喘病
……

《当铺》也是我当时的境遇。直到今天，我依旧能记得第一次走进当铺的心情以及赎当又再次续当的心情，但又不仅仅限于生活，确切地说它是一首爱情诗。

不是说好了　　是一辈子的么
不是说好了　　要到我死去么

活在死亡里，是我的诗歌，也是我的生活。在疾病中，在无助之中，我一次次听着柴可夫斯基的《悲怆》，那恐怖、绝望、失败和灭亡，契合了我当时的心情——死亡是绝对的，是不可避免的，而生活中所有的欢乐都是稍纵即逝的……有时我会反复听莫扎特的《安魂曲》，第八乐章"落泪之日"

他只写了八小节，便永远停下了手中的笔，年仅 35 岁。《安魂曲》也成了他写给自己的安魂弥撒。一个天才的音乐大师就这样在贫穷和疾病中离开了这个他又爱又恨的世界。那《安魂曲》也一样给了我太多的温暖和慰藉。在死亡之中我一次次和逝去的大师长久地交谈，冥冥之中汲取了无尽的力量和勇气，面对死亡，我更加淡然和自若。我的生活在死亡里开始变得从容而有序。

作为我生活的记录，所有微小的细节和细小的情绪都在我的诗歌中。疾病，贫困，苦苦地挣扎，积极地抗争以及健康向上的思想，对儿子深深的爱和依恋，对亲情对爱情对生活的渴望……

如果
我病过的病
如果
我吃过的药
能够换来粮食
能够让你安心读书
我愿意剪开这根我没有剪开的脐带
就这样离你而去

——《给儿子》

这首诗我每次读来都止不住啜泣，为我曾经的苦难，为自己的坚强，为儿子曾经陪我一起吃过的苦……诗歌再现了我昔日的生活。我能够记起当日的阳光、药片的颜色和味道，以及举起喷雾喷向口中的心情，一切清晰得仿佛就在眼前……

《你是我活下去的唯一理由》是我 2000 年写给儿子一首诗：

我能够想象
你坐在我的对面
认真地告诉我
你的生活

尽管
今晨我还用热毛巾给你擦洗手和脸
……

今天，他真的能够坐在我的面前，认真地谈论他的生活。我多么欣慰，我能够陪他走到今天，看到他如此阳光地生活。17 岁的孩子，已经 183cm。是他给了我无尽的依恋、无尽的创作源泉和不息的生命之光。

虽然我期待一段成熟的感情和一个成熟的人生，但我爱我的无知和简单。我愚蠢的人生，我劫难般的人生却真正地诗意地栖居在我生活的世界里。它那么微小，却又那么真实而灿然……

在经历了无数次苦难，无数次和死亡擦肩而过之后，我更加珍惜我真实而简单的人生。一直陪我漂泊的儿子，一直是我的小妈妈，是我活下去的唯一理由。我和他一起成长，从童年到少年，直到今天我依旧日日见证他的成长。

爱和亲情一直是我生命里的血液，是能够让我再次呼吸的唯一理由。我珍惜，我感激。所有的人所有的给予，都被我像阳光一样珍藏在心里……

第二辑：琥珀的心情。如果说第一辑诗歌有生活的影子，那么这一辑诗歌则是我内心生活的折射。

儿子
苏菲没有被我们养在家里

她和一对相爱的夫妻住在一个美丽的村子里
她的爸爸每天陪着她画画　钓鱼
她的妈妈会唱歌　会织布

当他们一起化作了栎树
当他们一起化作了菩提
你就把她娶到家里

——《儿子的苏菲》

《爱弥儿》是卢梭的一本教育论著，又称《论教育》，这是我最喜欢的一本书，也是我的床头书。卢梭的自然教育法在世界上影响很大。他提倡的自然教育，就是要服从自然的永恒法则，听任人的身心自由发展。卢梭在书里塑造了一个男孩爱弥儿和一个女孩苏菲。诗中“当他们一起化作了栎树 / 当他们一起化作了菩提”这两句源自希腊神话里的一则故事：宙斯带着随从化作凡人来到人间视察，走了很久，没有一个人愿意“赐给”他们食物。后来他发现一个院子，院子四周被水围绕，有许多叽叽喳喳的鸟儿。院墙外开满了鲜花，屋内充满笑声。宙斯知道这里住着的是一对无儿无女的贫穷老夫妻，他想知道这里为什么开满鲜花，充满笑声。宙斯一行来到这里，老夫妻把他们储存的用于过节的食物，欣然慷慨地拿给宙斯和随从。宙斯终于明白，人间不是只有冷漠无情、兄弟相残，还有真情和互助。由此，诸神之神的宙斯也原谅了他曾想毁灭、降灾的人类。宙斯现身后，为了酬谢老夫妻，便问他们想要什么，老夫妻说他们愿为诸神之神造个神殿并终生守护，只求宙斯在他们大限来临时能够一起死去，一起化作栎树，化作菩提，像他们生前一样互相对望，守护着对方。这则充满诗意的神话故事，我自阅读之日起就不曾忘怀。

我的儿子是我塑造的一个爱弥儿，是我的爱弥儿。我希望他有自由的灵魂，并拥有自我，成为自己。我知道，他也将拥有他自己的人生和相爱的苏菲。

我
就是琥珀
我就是你戴在胸前的琥珀
你的惊艳和珍奇
缘于
我的存在

经历了千年
透过你
世人
依旧
能
看到
我当日的容颜

——《琥珀》

美丽的琥珀戴在胸前，给你带来华美。在佩戴的同时，你可曾想过琥珀是经过怎样的炼狱，又是以怎样的方式形成的？你可曾想过她生前经过怎样的挣扎？最后一句“当日的容颜”原本是“当日的挣扎”。当然，这首诗也是在说一种爱情。对爱我有太多的遗憾，也有太多的感悟……我知道，这是成长必须付出的代价，是生活的恩赐也是上苍的恩赐。我无法躲过这劫难一样的人生和爱情。这劫难不是每个人都能遇到的，它是上苍给予的，我已经欣然从容地接受了，还有什么可怕的呢？

《春天》是我从医院回来写的一首诗，是我生活和心境的再现：

一个
患着哮喘病的老妪从医院
跌跌撞撞
回家

阳光刺痛了她的眼睛
走在街上
是谁弄洒了
氧气瓶

……
摘掉假发
把长斑的脚指甲
一个个
染红
伸出窗外

一次次住进医院，一次次经历死亡和重生，每次从医院出来我都有一种恍如隔世的感觉。走在明媚的阳光里，那令人眩晕般的美好，那春天的勃勃生机……

今夜
我将离开我热爱的生活
离开我的哮喘病
离开你
……

今夜
我将破茧而出
从寄生在你的肌体里飞出去

——《今夜的决定》

这首诗和《你是我活下去的唯一理由》一样也是预言一样的诗歌。在和生命告别的同时，我也终于决定和疾病的、寄生的生活告别，也是从那一刻起，我开始了新的生活。是死亡也是新生……

繁华落尽
依旧能　　用
痴和等　　诱惑你

依旧　　　能
让你记起　她
怎样　　　用
一生
用　君思我兮不得闲
使　自己
活
下
去

——《山鬼》

屈原的《山鬼》，叙述一位多情的山鬼，在山中与心上人幽会以及再次等待心上人未去赴约的情绪，描绘了一个瑰丽而又离奇的神鬼形象。

穿戴华美、妩媚多姿的山鬼（女性山神）在犹疑和落寞里怅然而归。其中有一句“君思我兮不得闲”最为著名，意思是：不是对方有意失约，而是由于思念我而没有空闲，才没有来赴约。这种自欺欺人的痴情，从神到人都未能解脱。这种美好的痴与等是人间最纯美、最珍贵的情感，也是最令人唏嘘的一种情感。

一株植物
长在崖边
直到荼蘼
直到谢去
直到化作岩　化作泥

依旧生活在生活之外
依旧不能开在芳菲里
依旧没有人知道
你的花期

——《一株植物》

我想，这就是我，这就是我生命的写照。《就这样坐于井底》虽然写于 2005 年，却一直是我的生活状态：

就这样坐于井底
修炼
修炼脚
修炼翅膀
等待
飞翔

是的，是这样。在修炼之中，在期待之中……

第三辑：一些片段。这辑收录的诗歌写于 2007 年到 2014 年之间，也是我生活和思想的一些片段。

从 2007 年 9 月到 2011 年 9 月，整整四年，我整个人都在坍塌和颓废之中。没有了爱，也没有期待，丧失了那种在痛楚之中、在期待之中的向上之力。无望，无序，无知也无痛。那是一场不能言喻的伤痛，我死在了那场战争之中。我曾想，我把自己葬掉了四年，没有任何人知道我的心情，包括我的家人，他们不知道，令他们牵挂的人四年前已经死掉了，一种真正意义的死，活着的是一个没有了心情、没有了灵魂的稻草。直到 2011 年的九月，我才又开始了呼吸。这期间，诗歌不是太多，也不再有日记。生活的印迹也只有从诗歌里寻找了，却又几乎找不到迹象。

2011 年以后的诗歌：《一个阴冷的下午》《一个午后的絮语》《今夜的雾》中能够看到生活里的冷静、忧伤和从容，《给爱》则是一种别于爱情的爱情方式。

地球的那边
儿子读书的城市　和
我
形成了一个三角形
形状是不规则的
爱是等边的

——《爱的三角形》

这是一种爱的形式，也是一种生活的状态，这种爱的状态看似松散存在距离，却从产生到存在都是一种缺一不可且坚不可摧的关系。

《一些片段》是对普鲁斯特的一种怀念和致敬。

不知
你是怎样地呼吸
怎样地怀念阳光　在心里
以及
林子里的那些山楂树
还有
少年时的奔跑

想起你
为了买花
卖掉中国花瓶的那种心情
咖啡　巴比妥　还有
你的饥饿疗法
是否有用
知道
你是怎样地拒绝针剂和药物
靠自己怎样努力地呼吸
以及
你躺在床上摇铃叫人的心情

……
和他们一样
在烛光里　　读着你的书
喝着玛德莱娜奶茶
怀念你

——《一些片段》

在普鲁斯特的生活里，那每一个难忘的片段，他的哮喘、他的失眠，以及玛德莱娜奶茶开启的回忆，使每一个热爱普鲁斯特的读者沉迷在他营造的各种气味和悠长而诗意的长句里，沉浸在那逝去的时光里……

《那间房子》是对弗吉尼亚·伍尔夫《一间自己的房间》的一种回应和致敬。弗吉尼亚·伍尔夫在《一间自己的房间》里谈到一个从事文学创作的女性除了应该有钱，还应该有一间自己的房间。伍尔夫是想说，从事文学创作的女性除了要有经济的独立、自由的思想之外，还要有一个能独立思考的空间。伍尔夫与简·奥斯汀、勃朗特三姐妹以及乔治·艾略特相比，更觉醒也更幸运。伍尔夫的《一间自己的房间》被后世视为女权主义著作的范本，伍尔夫本人也是知识女性作家所追慕的典范。

《午餐的心情》是我恢复后的第一首诗，它甚至有一些明媚的气息。我想，新的生活就要开始了……

第四辑：存在与虚无。这一辑收录的是近几年的诗歌，大致也是按时间顺序编辑的。和前些年在苦难、疾病和挣扎里的状态有着明显的不同，这些诗作大都是阅读和思想的产物，冷静、哲思、从容是这几年的诗歌状态。

随着我的生活、阅读、经验以及心境的改变，诗的风格也和原来有所不同，但无论世事怎样变迁，无论心境怎么改变，对于诗歌我一如初心，节制我的情感、节制我的语言一直是我坚守的原则，简单和澄明依旧是我的追求。

《存在与虚无》的形成：一个一直以健康示人的朋友给我说起她躺在手术台上的惊惧以及我的震惊。此时，眼前真切的感受才是存在的。我曾那么向往北极圈的寒冷和热情，那住在北极圈的女人从冰箱取出珍藏的鲸鱼片，是那么虚无而遥远。没有了健康，一切的美好和自由都将没有意义。除了金钱和名利本身的虚无，眼前的苹果和燕麦也终将从存在成为虚无。

当我身处人群　　我的心和心开始交谈
他们的聒噪与我无关
当我独处幽居时
我和书籍　家具　蔬菜　小蘑菇聊天
它们的安静让我心安
当我带着我的骨灰上山
我的灵魂早已潜入无边
去寻找另一个灵魂密谈
他们的高论让我相见恨晚

——《一次密谈》

按照海德格尔的说法，我们在人群里只是“无形无状”的“常人”，人只有在独处时才能有“我在”。在我的生命里，最为珍惜的就是那个能够思想的自我。所以，我喜欢独处，喜欢和我的家具、我的小蘑菇交谈。

我们挨着如书架上相邻的两本书
亲密无间　时时耳语
我和你在此间的低语
如书架上一本书和另一本书的彻夜交谈

——《我和你》

这是我向往的一种两性关系或者叫爱情：我和你如书架上相邻的两本书，亲密无间，时时耳语；我和你此间的低语如书架上一本书和另一本书的彻夜交谈。

忘记你你又切切地存在
寻求你你又无迹可寻
你之于我之外的存在

令我感觉到你的虚无
感觉到你的存在我又在隐隐作痛
我和你共同存在时
你在我体内已成为我

那时
我已不再是我
我也就成为我的异物

——《一种存在》

那种如鲠在喉、生不如死的一种存在，岂止是诗歌所能表达！也许你会有更好的解读吧。

第五辑：时光碎片·叙事诗。这辑里收录的是稍长一些的诗。

《弟弟》这首诗，是我写的第一首长诗。写这首诗的艰难是从没有过的，写作时间也是最长的。这首诗耗尽了我的力气，夜里我又开始了持续的失眠，诗歌里的情绪在我心里一直弥漫着……

《爱情一页》也是一首长诗。这首诗是对青春岁月的一次祭奠，也是对一种情感的回复，是一种感悟和自觉。这是我写的最长的一首诗。这首诗写得非常顺利，它虽然长，但几乎是在瞬间完成的，读起来气息是一致的，它恰又是对这种情感的准确描述。笔端一样是浓浓的情感：感激、忏悔和真挚的怀念……

如果说《弟弟》的情感是一种彻骨的爱的疼痛，那么《爱情一页》则是一种青春的感伤……

这两首诗是我对长诗的尝试和体验，是我的实验体，也是我对自己长久以来的颓废生活的一个交代。

《阳光下的咏叹调》是对阳光和在阳光下生活的人们的

一种礼赞，我今天依旧记得那天阳光的炽热和美好，那开学第一天，九月一日的璀璨阳光。这首诗结构简单，一层一层都是我的亲人的生活，第二节出现的二舅妈是我老家真实的二舅妈，她一生照顾四个孙辈，最后在儿子给她租住的旅馆里去世（儿子可能是因为那里比家里暖和才去租住的），当时身边没有一个亲人，身上的病痛还没来得及去检查，忍耐、承受，她一直在忍耐和承受。儿子原本是带她来看病的，却不想就那样殁在了异乡，给儿孙们留下无尽的遗憾！

《那个最温暖的诗人走了》是我在 2016 年写给诗人马新朝的一首诗，昨天又修改了一下，融进了我昨日真实的情绪和思念以及新鲜的泪水。一个生命的离去，就这么无声无息，表面上看并不会对我们的生活造成任何影响，但在心里产生的巨大震动和疼痛是无法忘记的。一直活在死亡阴影里的我最能知道那种对世界和亲人的不舍和留恋，以及那无声的悲鸣是怎样的一种心情，那种蚀骨的疼痛也随着一个生命的离去而被人们忘记，这首诗歌因为它本身的纪念意义被我选编在这辑诗歌里。

《一颗流星的爱情》是对一种情感的追思。

《隐痛》是对另一种不能言喻的“隐痛”的隐喻。

《桂花开了么》是我对桂花和可爱小侄子的思念。我真的想他了，包括小狗黑贝。

《放弃别处的生活》是漂泊之后的感悟，也是我此时真实的心境。

这些年我大量的时间都用于阅读和思考，阅读哲学和历史，以及一些往日不曾涉及的佛教和心理学，并写下一些读书笔记。哲学之于诗歌之于生活之于我有着太多的指导和慰藉。没有阅读，我可能不会有这样从容自我的生活，我可能有太多的困惑；如果哲学还不能解开我心中的困惑，我就会去读一些佛经，读些关于呼吸、关于静观的书。我既不是基督徒也不是佛教徒，我信奉的宗教和哲学，即是用心和世界、宇宙对话的宗教和哲学，我希望活在愈来愈澄明的世界里。我对世界的理解很简单，尊重自然，找到自我，一切顺应自然，不渴求什么，就这样自然地生活着，犹如漫步，不一样的路有着不一样的风景……

2007年3月7日于郑州

修改于2012年1月，整理于2017年12月3日

第一辑

在这个城市里

贴足邮票

把自己寄到你住的城市

敲你门的

不是十七岁的少女

请记着

她有白白的牙齿

黑黑的羽衣

当 铺

在某一个清晨里　　我
把所有的青春　　　都

当进了你的铺子里　连同
我的美丽
此时
面对手中的当票　　我已不知
该去哪里　　　　　找你

不是说好了　　是一辈子的么
不是说好了　　要到我死去么

2000 年 10 月 28 日

你留给我的两本书

你留给我的两本书
一本在我的书架上
一本在我的床柜里

那场雨后
我的生死　　　已
和你没有任何关系
花开花落
都不能动你
笑靥　哭泣
都不能迷你

到了今夜
我依旧能记起你的气息
有谁告诉你
这些日子里我一直想你

你留给我的两本书
一本在我的书架上

一本在我的床柜里

2000 年 8 月 17 日

寻　你

我不停地读书
不停地做家务
我甚至要不停地诉说
才能够使自己不再想你

为了使自己像个主妇
为了使自己不再爱你
我已经修炼得太久

电话的铃声
门前的邮筒
推销洗发水的女人
都不能带给我
你的消息
哪怕是只言片语

2000年9月30日

在这个城市里

在这个城市里
我有书在书房
我有情人在远方
我有固定的住址　　　我有
绿色的信箱
我还有三个这个城市的报箱
三个写着我名字的存折
在另一个我居住的城市
我有一个 38 美元的存单
那是我留在那个城市的密码
我有一个儿子
我忘了告诉你
他是一个多么可爱的小家伙……

我没有工作　　　　　没有了头发
和普鲁斯特一样　　　我每天呆在家里
你不会不知道　　　　他
和我一样有着不治的哮喘病
他有外婆和妈妈
他的屋子里经常生着火
他没有经济的压力

他不交电话和煤气费　　他喜欢写信
有信有炉火　　　　　　这也很适合我
他写书只是因为想写书　　　　他
除了写书　　　　　　　　　　你
还能让他做什么　　　　　　　他
那　　　　　　　　　可怕的哮喘病

我是一个独身女人
我的屋子里
没有阳光没有空气
我不像普鲁斯特
喝冰镇啤酒服巴比妥
我不敢放纵自己　　　因为
我还有儿子　　　　　还有你
偶尔我喝一些葡萄酒　而后
开始哭泣
第二天　　　　　　　我
我照样活着　　　　　照样吃药
我学会了生活　　　　学会了不说
我喜欢炖汤　　　　　我不吃快餐
我不用公用浴池　　　我不去美容院
有了电话　　　　　　我还照样给你写信
有了洗衣机　　　　　你的衣服
我还照样用手搓　　　如果
你是我的丈夫　　　　如果
你是我的儿子　　　　我
出门时习惯带一支笔　除了

我的电话簿　　　　还有
我衣服都是十年前的模样
我穿黑色的裙子和黑色的鞋子
我步履从容而轻松　　走在街上

儿子问我　　　　　　妈妈
你在做什么　　　　　我说
我在打字　　　　我在工作
我要把字变成钱　　　别捣乱
我要交这个月的物业费
水电费燃气费电话费　　还有
还有妈妈的氧气费　　　　我
我一句诗也没有发表过　尽管
我三岁的儿子　　　　　已经
知道了　　　　什么叫诗歌

你看见了么
那个穿黑色鞋子的就是我

2000 年 10 月 10 日于郑州

SOS　我的呼叫

亲爱的
我的呼叫　只限于你
这星期我和儿子吃掉了我心爱的手机
找我的人已无法和我联系
吃完了手机就吃我的两条项链吧
你走了　我不知再为谁美丽
下星期我将吃掉那个笔记本电脑
我的文字也被我一个个吃掉
吃完了电脑
我就开始吃这座房子
从哪里开始呢　我正在考虑
是门窗　还是楼梯
我真的不知道是否能坚持到这个冬季

你　你让我
终于知道了　什么叫举步维艰
饥寒交迫　　对我
也不再是一个成语

亲爱的
我的呼叫　只限于你

你是我最亲的亲人　曾经
你是我的麦子和土地

亲爱的
让我告诉你
我呵　我还没有死
我真的没有死呵　我
我要是死了　我的儿子叫谁妈咪
我要是死了　在这个世界上
是不是少了一个可爱的妻
问你

2000年10月11日

儿子　这是北京

儿子
这里不是郑州也不是南京
更不是我们居住过的乡下老家
这是北京
我只能让你住在这里
这就是我们的家
这里没有暖气也没有空调
这里没有了能够让你赤脚的木地板
这里也没有了妈妈大大的书房
这里有你的足球
这里有妈妈的电脑
这就足够了　我的儿子

我的儿子　　　你冷么
明天我给你生个炉子吧
我的儿子
今天你不能吃汉堡了
你的午餐只能是一碗素面条
儿子
星期天
我不能带你去动物园了

你在家和你的小熊玩吧
我要打字　　我要工作
我要让你念最好的学校呵

我的儿子　　让我告诉你
这里有你我思念的北大呵
这里有让你激动的天安门
我们就在这里安家吧

2000 年 10 月 28 日

蝶　语

我　偶尔的歇斯底里
还有不治的哮喘病

活着　曾想证明什么
所以读书　所以漂泊
所以相信爱情
所以眷恋生命　所以惧怕死亡
亲爱的　这都算不了什么

活着　只要活着
失去的秀发　苍老的容颜
茹梦的果汁　品客的薯片
甚至
厨房里没有了食盐
这都算不了什么　你说
这算得了什么

不是惧怕死亡
而是惧怕死亡带给你的悲戚
不是眷恋生命
而是眷恋生命以外的风景

我告诫自己　活着　活着
单纯地为了活着而活着
活着本身就是一种证明

阳光　空气　还有你
青草　露珠　低语
家中的儿子　远方城市的你
大海　绿地以及这双脚没有踏过的土地

我怎么能够死去　你说

上帝呵
房间里怎么没有了空气
儿子呵
快给我喘康速
快给我普米克

亲爱的
这就是我的生活

2000 年 8 月 17 日夜

儿子　你有两个妈妈

儿子　　你背着书包进了学校
妈妈的心却缝在了你的书包里
真的不放心呵
你忘了带碎纸盒和小抹布了
你怎么　　　把 b 写成了 d
记住　　　　这是 q 不是 p
真是个好孩子
你记住了老师说的每一句话
儿子　　有了老师
你多了一个让你听话的妈妈

儿子　　来
我们一起做数学题
我和你一起唱 Do Re Mi

儿子　　你有了两个妈妈
一个妈妈在学校
一个妈妈在家里

2000 年 8 月 31 日

我写不了我

杜拉　　是我的朋友
她酗酒　生病　永远在爱着
她住院了　　　她说
她不再诉说了
伍尔夫她只有一间房子
我想　　她过得也很拮据

普鲁斯特的女友太多　再说
他不开窗户　我真的受不了
茨威格倒很适合我
但他和他的妻子总是出去
他们又一起去了巴西
卡夫卡那神秘　森严的城堡
我无法进入

我想　　你可以写我
你要写　就把我写成屈原的山鬼
你要写就把我写成蒹葭里的佳人

2000 年 10 月 31 日

我是你的食指　妈妈

我是你的食指　妈妈
我是你的第二个女儿
有事没事　你总把我含在嘴里
沉思时　想我时　一次又一次
把泪水咽下时

为什么不哭呢　　我的妈妈
为什么一个人又住到乡下呢
我从不迷信的妈妈
在乡下天天看《圣经》
妈妈　　　　你怎么了
我梦见你的手不停地张开
又不停地放下
妈妈　你一定在祈求着什么
是什么呢　　妈妈
那暮光里的妈妈
竟然脸红了　　　你说
我只求你不要生病
不要不信上帝呵　也
不要不信命

妈妈　我的妈妈
你让我说什么呢

我是你的食指呵　妈妈
把我含在嘴里吧
沉思时　想我时
把泪水一次次咽下时
在读你的《圣经》时
在你为我祈祷时

2000 年 10 月 30 日

给信君

——南开记事

那时有你爱着　　总是
一个羞羞怩怩的小女生
你说　　读了卢梭的《爱弥儿》
我就像苏菲一样不穿了高跟鞋
我就开始了
从从容容地走路　　从从容容地爱

能记得　　　　那时
牵着你的手　　从
图书馆到我的公寓楼

你在北京的冬天很冷么
你们散步时　　她
是不是和我一样把手放在你的口袋里

2000年10月30日

你的忠诚不如我的镜子

其实　那没有什么
那真的没有什么
不爱　本身就是一种理由

走就走吧
不爱　本身就是一种理由
皇后的魔镜也没有撒谎
白雪公主比她美丽　连
我三岁的儿子都知道

说什么呢　　只是
我不知怎样告诉儿子
你的不回家　是
因为他的不听话　还是
我的没有了头发

我的镜子　　每天
忠实地展现我的面容
我忧伤的眼睛从容的鞋子孤独的黑衣裳
说什么呢　　亲爱的
我想说

你的忠诚不如我的镜子

2000年10月30日

我的小时候怕黑的妹妹

——给小红

小红　你是我的妹妹
为什么你总是我的姐姐　为什么
难道只是因为我有病
我的病把所有的人吓跑了
我的病把你吓哭了　　竟然
竟然让你哭了那么久　你说
你说你傻不傻　　　　你
居然拿着我的病危通知书去借钱
你说　　　　　　　　有多少次了
总是夜里把我吵醒　　哭着诉着你的梦

斯佳丽总是被一个饥饿的梦惊醒　你说
就是《乱世佳人》里的那个斯佳丽
你说你梦里总是背着姐姐奔跑　　看医生
你的梦里总是下着雨　　　　　　你说
你的梦里总是有姐姐　　你的姐姐总是
在生病
哭吧　　说吧
哭你的姐姐吧　哭你的梦
我告诉你　　　我的妹妹
我的小时候怕黑的妹妹

别再做那样的梦了
姐姐不会死的　　你真傻
姐姐不会那样轻易地死去的
你的姐姐就这样轻易地死么
姐姐的病好了　姐姐的头发长出来了
普鲁斯特　　　我告诉过你的
那个三十五就不再出门的漂亮男人
他说他不让我和他一样死于哮喘病
他告诉我　　　我
可以和他一样喝酒　　吃巴比妥
也可以和他一样一年四季生着炉子
可以夜里出去　　　可以依赖咖啡
还可以写书　　　　你说
他说我一定要带着我的诗集去见他

妹妹　我的小时候怕黑的妹妹　我听你的
斯佳丽总是被一个饥饿的梦惊醒
你的梦你的梦呵　你说
你总是深夜里　　雨天里
不停地　不停地背着你的姐姐看病求医生
让我替你喘一会儿吧姐姐　你说

我的小时候怕黑的妹妹　　我听你的
你是我的姐姐　　　　　　你说
我要像杜拉一样地诉说
你说　　哪怕
我已经七十岁了　我还可以

恋爱　你决不会笑我
你说　你说呵
我的生命里会有一个扬

小红　　我的妹妹
我的小时候怕黑的妹妹
不要再深夜里打电话吵我了
我出门不会忘记带我的药的
告诉妈妈吧
我的病好了
我也有钱吃饭了

2000 年 11 月 16 日

杜拉的诉说

我住在了
你住的城市里
我的儿子已经长大了
他已经知道了　什么
叫如歌的中板

我住在了
你住的城市里
我想让你　读我的诗
我想让你　喝我煮的咖啡
都已经太晚了
我就是《琴声如诉》里的那个女人
我们已经忘记得太久
我们还继续约会吧
你不能再让我死了　因为
我已经死了

2000 年 11 月 17 日

爱的瓷器

爱情
不是石头
不是海水
爱情是易碎的瓷器
小心轻放
是它的特性

2000 年 9 月 2 日

寄

贴足邮票
把自己寄到你住的城市
敲你门的
不是十七岁的少女
请记着
她有白白的牙齿
黑黑的羽衣

2000 年 11 月 13 日

带着残余的青春去见你

带着残余的青春去见你
我知道　　你不会弃我
我是你小时候的情人　　我
流浪了一百年
还是找到了你
你真的不能弃我
我真的害怕贫穷　我也害怕疾病
我已经吃了许多苦难的面包
我真的想你了
想小时候的家

如果你不懂我　　　这
世上还有谁　　　你说
你真的不能忘了小时候的事情

我已经学会了炖汤
我也学会了不哭
我能给你做早餐
我能给你讲故事
如果你老了
如果你需要

我是你的青梅竹马
你要永远把我当作十七岁
我要你　　　　在黄昏里
牵着我的手
看着我
一天天
老去

2000 年 11 月 12 日

你是我活下去的唯一理由

儿子　你是我活下去的唯一理由
也是我活下去的唯一借口
我知道你需要我　　这个理由
不需要理由
你刚刚七岁
你才开始有你自己真正的作业
你怎么会知道活着也需要理由
我告诉你　我的儿子
活着也需要理由

如果我走了
我会把我的爱留给你
连同我的书
还有我们居住的小屋
原谅我不能留给你太多
原谅我总是说得多而做得少
我不会让你延续我的梦想
你应该有你自己的希望
你甚至要原谅我
在你恋爱的时候
我还在恋爱

如果我活着
让我如何不去爱
我的儿子
当你明白的时候
我也许还不明白
我能够想象
你坐在我的对面
认真地告诉我
你的生活

尽管
今晨我还用热毛巾给你擦洗手和脸
我刚刚在你书本上签字的手
还有黑黑的墨迹
你走后留下的空荡
使我不能坐在那里写下去
我坐在电脑旁翻看昨日的日记
我随时等待你的下课
时刻准备着为你开门

儿子
外面下雨了
我将带一把雨伞接你

2000年12月6日

鸟 语

鸟说
我想飞
我想找我的同类
笼子说
你飞吧
我知道有一天
你还会回来
我知道有一天
你会怀念这栅栏

2001 年 2 月 28 日

告诉你　我依旧活着

我们分开
生和死分开
那时　我还年轻
那时　我还有头发

在水一方
你过得好么

告诉你　我还在活着

请给我地址
我会照着地址
找你

2001 年 4 月 29 日

最后一片叶子

最后一片叶子
已经落下
我的生命里没有画家

冬日里
我一片片数着叶子
等你

2001 年 4 月 30 日

我的夜

我的夜
有水有面包
切开的柠檬
一支《山鬼》的埙曲

散落的药片
凌乱的字迹
白色是我的睡衣
薰衣草是我睡眠的气息

一些悲戚
一些哀痛
一些感伤
一些无奈

亲爱的
只要你回来
我的夜就不再哭泣

2001年6月20日夜

就这样见到了你

——给《莽原》李静宜

就这样见到了你
你的黑衣
你的柔曼
飘在简陋的编辑室里
还有
你迷人的低语

一个手势
一个沉默
一个不经意的关注

看见你
想倾其所有地倾给你
想竭尽全力地靠近你

倾其所苦
倾其所泪
倾给你

你微微地惊讶
轻轻地叹息

让我感到这个城市的暖暖的气息
似阳光
似空气

在午后里
在黄昏里
在疾病里
在这个城市孤独无助的深夜里
我总是想起你

先生
天气凉了

你好么
轻轻问你

2001 年 10 月 10 日

我就这样活着

我就这样活着
蛰居在这里
不出洞口

没有可口的坚果
每天
睡觉
睡不着

每天
出去
出不去

关注窗外的天气
乡下的麦子
还有每天
你居住城市的天气

我就这样活着
一天一天
没有谁知道　我

是在
等你

2002年2月1日

如　果

如果
我能够再活一次
如果
我能够重新选择
我一定会说
我也一定会哭

如果
你真的爱我
请带我出去
阿尔卑斯的雪山
塞纳河边的漫步

如果
你还会像那时一样
在我居住的楼下
声声唤我
名字
我的名字
飘飘扬扬
飞

在
你我的
心情
里

如果
……

2002年3月7日

妈妈的祈祷

我祈祷
冬天里
有一辆邮车
经过我的门口
装满了
信和药片

我的储藏室
堆满了
粮食
我的一个个孩子
都围着炉火
读书

太阳出来了
我所有的孩子
都在阳光下
院子里
唱歌
跳房子
他们

一个也没有生病

2002年4月6日

乌鸦妈妈

我是乌鸦
我是妈妈
每天
每天
带着我的孩子浪迹天涯
每天
每天
我嘴对嘴喂他
我的儿子呀
我的小乌鸦

我呵
你的妈妈
如今老了
飞不动了
你要记得
每天喂她

活着
就是为了看着你天天长大
活着

就是为了让你飞过
妈妈没有飞过的天涯

我的儿子呀
我的小乌鸦
我的小妈妈
我们俩呀
相互依着
飞过天涯
飞过
天涯
飞
回
家

2002 年 4 月 16 日

给儿子

儿子
你才九岁
你已经陪我漂泊了十年

你伴我一次次出门
　　　一次次旅行
你陪我住在病房
你已经会给我拿药
你已认清普米克
　　　　喘康速
　　　　　地米
　　　　　茶碱

今年冬天　没有暖气
我们在小小的厨房里
生起了炉子
我们好像看到了生活的希望
我们围着炉火　　啃着土豆
我们围着炉火　　看书　写字
仿佛回到了乡下
仿佛看到了亲人

我们又一次弹尽粮绝
我多么希望家里的东西
能够换来药和粮食
我感到绝望
我写不出任何文字
我们身边没有亲人
我们也没有朋友

儿子
你是我的亲人
我是你的亲人
你是我的朋友
我是你的朋友

儿子
我们的生活太贫穷太贫穷
我们的心里太富有太富有
这就是我所要的
这就是你所要的
这就是我给你的

每天
每天
你一天天长大
每天
每天
我一天天老去

每天
每天
我们吃着简单的饭
说着简单的话
每天
每天
我等你放学回来
用你欢快的脚步
稚嫩的声音
无边无际的快乐
填满我们空荡的小屋

儿子
如果
我爱过的爱
如果
我等过的等
如果
我病过的病
如果
我吃过的药
能够换来粮食
能够让你安心读书
我愿意
我愿意放开我的手
我愿意剪开这根我没有剪开的脐带
就这样

离你而去

2003年1月3日

瓶子里的阳光

——给 C 君

我是寄生在你体内的一缕魔烟
袅袅地缠你
死死地恋你

你把阳光储存在瓶子里
你把空气储存在瓶子里
为了我活着
为了我呼吸
你对所有的阳光
所有的空气
虔诚地低低私语
只有我知道你在说什么
只有你知道你在说什么

挣扎　一起挣扎
呼吸　一起呼吸

在你体内
我恣肆地生长
自由地呼吸

在你体内
我认真地呼吸
伤心地哭泣
我惭愧
很多话很多话
我羞于告诉你

亲爱的
在你体内
我依旧不能告诉你
我多么爱你
我多么想你

2004 年 4 月 8 日

我不能死在春天

春天里有鸟叫
春天里有花香
春天里　我的儿子在快乐地生长

我不能死在春天
我想　在满目的春光里
那一路的奇异花草　扫墓的人们会被羁绊
我会等不及和他们相见

我不能死在春天
那会影响播种的心情
他们在播种时会再次谈起一个女子的离去
在他们的议论里　我会惊悸于他们的猜忌
如果他们温柔地谈起　　我也一样地惧怕
也许
我也一样会很忙　　在众多不认识的先辈里找
一些朋友
我会忙于登山　忙于野营　忙于自己的木薯树
忙于一个不是自己的问题

那耕种的人们　　我现在

有必要和他们一起种种地　聊聊天
包括我的兄弟姐妹
我也要让他们知道我是一个怎样的人

2001 年 4 月 10 日于小木屋

第二辑

琥珀的心情

经历了千年
透过你
世人
依旧
能
看到
我当日的容颜

儿子的苏菲

——给我的儿子爱弥儿

儿子
苏菲没有被我们养在家里
她和一对相爱的夫妻住在一个美丽的村子里
她的爸爸每天陪着她画画　钓鱼
她的妈妈会唱歌　会织布

当他们一起化作了栎树
当他们一起化作了菩提
你就把她娶到家里

2003年1月1日

春　天

一个
患着哮喘病的老妪从医院
跌跌撞撞
回家

阳光刺痛了她的眼睛
走在街上
是谁弄洒了
氧气瓶

丢掉
手中的旧衣　药片
一袭白衣飘在镜里
摘掉假发
把长斑的脚指甲
一个个
染红
伸出窗外

2005 年 5 月 3 日

就这样坐于井底

就这样坐于井底
修炼
疗伤
学习呼吸

就这样坐于井底
修炼
学会爱
学会放弃
学会等待

就这样坐于井底
修炼
学会知足
学会感恩
学会回报

就这样坐于井底
修炼
修炼脚
修炼翅膀

等待
飞翔

亲爱的
我祈求
当我走出井底
当我能够飞翔
当你见我时
我依旧是当初的模样

2005年5月1日

就这样坐在那里

——给《莽原》李静宜

静静地
静静地
你坐在那里
《莽原》是你的家

你捂着被冷气侵入的胸口
服了一粒关节疼痛的药片
拭去桌上的灰尘
拿起电话
让值班编辑
把这期稿子送来

到了下班的时间
想起先生的咳嗽
儿子的考试
关节隐隐作痛
不能不去菜市场给儿子买条鱼
先生的药也没有了
该去检查一下身体了
自已也要坚持下去
练练瑜伽

打打太极

每天
每天
编辑部　家里
编辑部　家里
只有疼痛的关节伴你

静静地
静静地
你坐在那里
《莽原》是你的家

2005 年 9 月 24 日

琥　珀

我
就是琥珀
我就是你戴在胸前的琥珀
你的惊艳和珍奇
缘于
我的存在

经历了千年
透过你
世人
依旧
能
看到
我当日的容颜

2007 年 5 月 21 日

董美人

——美人董氏墓志铭

在碑帖里遇见你
临你　　　摹你
你十九岁的裙裾
飘在
如林的碑帖里

美人
妖容倾国
冶笑千金

你的早逝
让人叹息
你的美丽刻在了石头里
哀婉
你轻轻吐气
复活在我的字句里

2005 年 5 月 6 日

祈　祷

祈祷里
我听见
心的跳动
血液的流淌
头发的滋滋生长

我祈祷
忧伤
死掉的细胞
思念
泪水
一起回来

我祈祷
在以后的日子里
我依旧
很想你

2005 年 2 月 10 日

今夜的决定

今夜
我将离开我热爱的生活
离开我的哮喘病
离开你

不知你是否知道
不知你能否感知
有多少话我不能说给你

你在行走
我在生病
我的挣扎已到了极限
我没有你想象的坚强
我已在炼狱里太久太久

今夜
我将用我的思想
连同我的肌体
化作蝶
化作翼

今夜

我将破茧而出

从寄生在你的肌体里飞出去

2005年12月3日

一株植物

一株植物
长在崖边
直到荼蘼
直到谢去
直到化作岩　化作泥

依旧生活在生活之外
依旧不能开在芳菲里
依旧没有人知道
你的花期

2008 年 3 月 1 日

芜　菁

芜菁
芜菁

青青的叶子
是你碧碧的青春
圆圆的根
是你不张扬的果实
深埋在土里
想象中的硕硕

盈盈的叶子装点了土地
圆圆的根　圆圆的食物
在土里
一旦被挖出
四分五裂地被暴晒　被腌制
被下酒　被下饭
成为早餐唯一的咸
始终有自己的
魂香

芜菁

芜菁

2008年3月7日

惊　蛰

惊蛰
我听到你的呼唤
还有
你夜晚的叹息
我决定　　和
那冬眠的动物　一起
醒来

我决定
不再一病不起
我决定不再颓废下去
不再沉醉在冬眠里
我惊蛰在你的呼唤里

醒来
醒来
在惊蛰里醒来
奔向春天
奔向生活

奔向你

2008年3月8日

麦　子

——给 C 君

麦子
长在土里
茁壮
饱满
一粒一粒
我都看得见
你的果实
我的收获
那是我经年的食物
那是我赖以活着的粮食

经历了漫漫的冬季
经历了无数的雪霜

为了等你的人
为了爱你的人
刚刚到了六月
你速速地
速速地成熟

你总是给他最多的惊喜

所有的容器
所有的容器
都不能装下你的给予

麦子
我的麦子
我经年的食物我赖以生活的粮食

是的　　我的午餐
我病后的营养都靠你

亲亲你　我的土地
亲亲你　我的麦子

2008年3月8日

某种心情

——给懵懂的少年

鸟儿
折了翅膀
在笼子里

鱼儿
失去了大海
在容器里

鹿儿
没有了双足
在栅栏里

曾经的天空
曾经的海洋
曾经的陆地
曾经
一起奔跑的少年
在梦里

隔着天空
隔着海洋

隔着栅栏
想

自由的少年
你
能否理解那
笼子
容器
栅栏里的
心情

2008 年 3 月 18 日

给　爱

——给爱

你
是我最亲的亲人
植入我心
你是我最隐秘的情人
无法会晤
不能抵达

我不能说出　我是
怎样地活着
为爱
怎样地销蚀殆尽
怎样在忧伤里心甘情愿地度过每一天
我不会说出
爱
以及伤害

我想
没有人能够评判你我　以及
你我方式的爱情生活

2009年2月22日

这是一个问题

活着　是一个问题　死去　是一个问题
离开　是一个问题　留下　是一个问题
活着感觉不到心跳
死去却有未决的犹疑
离开　这些我学生时开始买下的书籍去哪里
还有我精选的 CD
病时我躺在地板上听音乐　那木质地板传出的回音
完美了我的音响　走了
哪里可以这样
留下　留下有什么意义
走与留都只是一个人

去成都看那可爱的芸吧
她两个女儿　多忙啊再不能那么促膝而谈
我们俩面对面盘腿坐在床上　望着对方　她唱着一支忧伤的歌
是《圣经》里的赞美诗
亲爱的芸　有一天我问她那首歌名她竟然忘了

去南京吧　　去扬州吧

去苏州的乡下住一段吧

那年三月的扬州居然阴雨了很多天　却还带着
一些湿冷
四月的扬州应是烟花三月里的扬州吧　那时的
春光会是什么样
苏州会是什么样呢

像一个穿戴完毕等待出门的人
去和留是一样的便捷
一样的有借口

2006 年 3 月 16 日于小木屋

山　鬼

繁华落尽
依旧能　　用
痴和等　　诱惑你

依旧　　　能
让你记起　她
怎样　　　用
一生
用　　君思我兮不得闲
使　　自己
活
下
去

2003年11月12日

第三辑

一些片段

疗养院的女大夫
美人迟暮了
为了儿子
每日把数不清的银针
扎向我们的穴位
她的手
白白
纤纤
她的手
开车
洗衣
接生孩子

一些片段

——给普鲁斯特

不知
你是怎样地呼吸
怎样地怀念阳光　在心里
以及
林子里的那些山楂树
还有
少年时的奔跑

想起你
为了买花
卖掉中国花瓶的那种心情
咖啡　巴比妥　还有
你的饥饿疗法
是否有用
知道
你是怎样地拒绝针剂和药物
靠自己怎样努力地呼吸
以及
你躺在床上摇铃叫人的心情

打开外婆送的书籍

在院子里吃着斯万送的水果
你是否想到
今天的人们
是怎样
把印有花纹的饼干泡进茶里
在圆桌旁
在咖啡馆
细细品味那茶
细细品味　那
似水年华
他们叫它玛德莱娜奶茶
不知
他们是否品出
你当时的心情

今天
面对形形色色的哮喘喷雾
我是怎样地忧伤
怎样忧伤地想起你
和他们一样
在烛光里　　读着你的书
喝着玛德莱娜奶茶
怀念你

2006年6月17日

在海边

——给晓雪

赤脚
跑步
自己做早餐
到很远的地方去提山泉
披肩是不能没有的
天还有点凉

十六楼的那个女子在唱歌
不会走路的她
比谁去的地方都多
写诗的女孩就要做妈妈了
悠然驻足在沙滩
疗养院的女大夫
美人迟暮了
为了儿子
每日把数不清的银针
扎向我们的穴位
她的手
白白
纤纤
她的手

开车
洗衣
接生孩子

想想看
一个美丽的天使
怎样出生在海边

2007 年 4 月 19 日

那间房子

那间房子
就在海边
每天清晨
我们走到很远去提山泉来做早餐
每天跑步在海边
我的黑发随风飘散
留恋在沙滩
每天每天
看着夕阳
依偎着你
告诉你
我今天读的书籍
还有我写下的诗句

那间房子
就在山上
那些石头
比爱情还老
伊人比那花草妖娆
每天晚上她坐在山头
等你归来

那间房子
就在乡下
它的前面
妈妈种下一地麦子
小小儿女
在田间玩耍
她的妈妈
去小学教书了

告诉你
我有一间这样的房子
我在那里
等你

2007年6月21日

送你一束情人草

——给韩东

在妈妈和住处之间
你一直走　一直走

在书籍和书桌之间
你一直走　一直走

客厅的凡·高画摘去了
室内的女主人离开了
兄弟们也散了不少
诗人　导演　自由职业　慕名拜访者
一一进入那个房间　一一
在那个房间里聊天　吃饭

依旧是那个房间
冬天依旧冷　夏天依旧热
自己写的书也越来越多了
你的生活好了么
还是和妈妈一起住么

别在那里捡石头了
家里的鱼缸已经满了

快回家吃饭吧
妈妈包好饺子已经在等你了

今年冬天
我将给你寄一些柴火　还有一束情人草
那柴火是给妈妈的　　让家里的炉火再旺一些
适合你在炉边和朋友促膝而谈
情人草是送给那女孩的

快把那女孩娶回家吧
别再让妈妈做饭了

2007 年 7 月 6 日

给　你

——给 N 君

咖啡　绿茶　润湿的空气
厚厚的雪
中山路上的雨　湖南路上的惆怅
新街口夜晚的心碎

在新街口的霓虹灯下见你
只有声音是准确的　　亲切充满了磁性
你黑色车子的霸气　　让我的一袭布衣
有一些惋惜

夜间的中山陵
幽静　神圣　又有些许的神秘
似乎又有伟人的叹息
在幽暗的路灯下我们谈着一个读哲学的朋友
我们害怕谈论自己　小心地避开
曾经地热烈和争执　一些小小的涟漪淹没在庄
重的谈话里
淹没在陵园幽静神秘的气息里
不再像电话里
我们谈论环境　哮喘　诗歌和自己
不想说　不能说　那一个春天的牵挂

那一个夏季的交谈
给予和伤害哪一个更多　从莫逆到陌路
并不需要很久　　　　　我知道

我想象　某一天
我们在街口擦肩相遇　你我浑然而去
请想象我的黯然和忧伤

2007 年 9 月 3 日

想起你

——给 N 君

想起你
竟有许多的不真实
就像夏日里
窗台上爬满的花草
随风摇曳的裙裾

如今
窗台上堆积了厚厚的雪
等待春天的花枝
挂着冰凌
我想起
七月的南京
与你相见时的心情

我想问
成为陌路的你
是否知道
七月的南京
和
今天
哪一个更冷

我知道
春天会再一次绿上我的窗台
夏日里
还会有裙裾飘飞
我知道　　　我
不会
再坐在窗台上和你通话了

2008 年 1 月 8 日

残　局

你走后
我开始收拾残局
杯子里的酒
你留下的烟蒂
没有服完的药片
未读完的书
你换下的衣服
碎了的瓷器
一直持续的战争
因你的离开
突然停息

我收拾残局
不能呼吸
看到
战后的残局
比战争本身可怕

亲爱的
我能够收拾
这一片狼藉

我怎么安慰
那
碎了的瓷器
我怎么继续
这
停止的呼吸

2008年2月9日

卢　梭

——给我的卢梭

我曾经
我曾经一度地被塑
我曾经
一度地自塑

我曾经一度地漂泊
离开了我的卢梭
开始了我的自塑
我的自塑
有太多的不羁
我的自塑
有太多的枝枝蔓蔓
我用那枝枝蔓蔓掩藏我
我总是
不能表达我

见到了你
见到了我的卢梭
去掉那枝枝蔓蔓
真实地
展现我

青涩
成熟
单纯
沧桑
你都不会笑我

我记得
你
我记得
你的雕琢
在被塑和自塑里
我成为今天的我

亲爱的
你是我永远的卢梭

2008 年 6 月 17 日

你的微笑
——给信

你的微笑
在我心里　似
阳光一样明媚
给我温暖　给我荫翳的日子带来希望
一样的蓝色　一样的年轻
在我居住公寓的窗前
在树下
在我们一起阅读的图书馆里
在我们牵手走过的校园

沉浸在忧伤里
真实而遥远又似在昨天
你依旧在树下等我
喊我名字
你的笑
真挚而含蓄
温暖而蓬勃

你的微笑
在我心里
珍藏

似今晨的太阳
一样的新鲜
一样的温暖

2009年3月6日

午餐的心情

——给一起午餐的雪

木瓜和西蓝花
在圆桌上相遇
我见到了你
那金黄的小饼
是你我爱吃的
那是一个人酬劳另一个人的午餐
还有那一份阳春面
也是你我喜欢的

这次见的恰又是九月的你
是惊艳的你　　　似
惊鸿一瞥
我记起初次见你
和父亲一起谈论诗歌
一束黄色的康乃馨
那藏着精华等待盛开的天然而从容的你

我久久不能忘记
那天天然
今天如惊鸿的你

我想
阴郁的天里　　磨好咖啡
可以找一个人谈谈了
刚刚读过的书以及涌漫的
心情

2011 年 10 月 1 日

一个阴冷的下午

我们终于不能再次长久交谈
也不再争吵　结束已久的暗自较量
不能
说出彼此的思念　以及
对孩子要去国外留学的意见
爱　　　　　终止或继续
都不重要　　只要牵挂还在
充分的自由还有牵念是我留给你的
也是你留给我的一件最珍贵的礼物

我独自
在某处养育孩子　　抚慰自己的孤单
你游历　　漂泊在遥远的非洲或欧洲
偶尔在阴冷的天气里会有来自欧洲或非洲的汇款和问候
温暖已有些许凉意的小屋　　十月的天气
薄羽不胜寒凉　　靠着一杯浓茶抵御寒冷
心情黯淡似久无阳光的天气　　这张汇款单很及时
重要的　重要的是吃饭　还有读书的孩子
那颗龃齿　还有受伤的手指　再等等

再等等吧　至于这咳嗽已经很久了
有什么办法呢　　不是夏天还在住院么

我在想
儿子去了国外读书
我该怎么办

2011 年 10 月 7 日

一个午后的絮语

你的回复使我彻骨地寒冷
你的迟归令我的出行计划再次搁浅
使我无法如期去看我生病的妈妈
多少年来
孩子的事情只是我一个人的事情
我的心有一些疲惫
刚刚停掉暖气的房间有一些寒意
在屋子里有着一双冰凉的手
那双奢侈的滑雪手套
整整一个冬天在适宜的房间里陪我敲击键盘
我的手在温暖如春的羽绒里
给一个人写信
给一些人打电话
给上门营销的女子倒水
翻看那本刚刚到手的诗集

很久没给儿子好好做顿饭了
刚刚学会用牛里脊红酒和黄油做牛排
切碎的洋葱和西红柿
一些黑胡椒做配料
我煎制的牛排在锅内滋滋溢出香气

你不能如期而归
我们自己享用

我必须减少一些支出
学会生活　是我一生的功课
我不知它和与上司攀谈哪一个更容易一些

我要做的事情很多
我要编的一本书
一次计划许久的旅行
儿子的新学校
明天我要和邻居一起聚聚
楼上不再漏水了
我要对她表示感谢
突然降温
前几日移到室外的植物
我要重新搬回室内

晚餐前
我要给妈妈打一个电话　　告诉她
我下星期一定去看她

2012 年 3 月 20 日下午

爱的三角形

那杯红酒醒了以后
没有了沙砾的味道　多了一些果香
我开始喜欢
黑樱桃　桑果　胡椒
青草　棣木的芳香
终于
森林里的干树叶　动物毛皮　矿物的香气
一一袭来
如此复杂　如此沉醉
如此迷离……似乎存有采撷姑娘指尖的温度

生命中
许多东西需要等待　需要时间
爱
从浓烈到淡然
到倾尽到一体
爱的三角形已经形成
地球的那边
儿子读书的城市　和
我
形成了一个三角形

形状是不规则的
爱是等边的

2012年10月10日

今夜的雾

今夜的雾
太近又太远
太重又太轻
太浓又太淡
聚聚又散散

人已去
物已非
空载一年又一年
在窗前

2013 年 2 月 9 日除夕

心　情

清晨袭来的忧伤
覆盖了夜间杂乱的梦境
花瓶里还在开放的百合
不知青春的短暂
依旧美丽
静默　矜持
一些安慰
这零星的坚持
和等待

窗外的鸟儿
在争食花盆里的米粒
我昨日的午饭剩下的不是太多
阳光消去了些许的寒意
远处的一棵树青翠了不少
春天的气息挤进了屋内
那慵懒的羽绒被
憔悴已久的人
在惊诧里

窗帘上的阳光

明媚了暮气沉沉的房间

2013 年 3 月 4 日

等待出土

——给自己

和你相见
已不太远

已经约定
已有约定
前世和今生
一定会有牵记
不然怎么会如此钟情
即便是你迟迟不归
我依旧相信　你如英雄般的心

我相信
你对我依然是那孤注一掷的心
我依然是那孤注一掷的人
我们相爱
一对孤注一掷的人
终日
在那快乐如余烬里
你走后
憔悴的心
如旧衣躲在一隅

听着主人
微弱的召唤
不能确定
还能否再次出征
那蚀去的青春
那堆积的忧离
那急促的呼吸
如今
薄如蝉衣

等待出土
如等待出征
为了和你相见
我愿顷刻化为乌有

2013年3月18日

此刻的赴死之心

——给 C

此时我的心空荡荡的
阴郁的天空觊觎很久
你就来了　像我们在一起时一样
我想你时　你就来了

你来得正是时候
此时　我正爱你
夜间冗杂迷乱的梦境在清晨的忧伤里
我正思念着你　我正爱你

一如你沉迷地爱我　　一如你沉迷地侵略
又似你疯狂地挤压我的深情　榨取我的纯情
掠夺我的战栗和惊心
哪怕是不够平坦　那布满荆棘的荒原
在渴望中　在寂静中毁灭

哪怕是不够平坦　　那布满荆棘的荒原
在宽阔的桦木里　　在森林般幽蔽的桦木林里
我把自己揉碎进入你的肌体　你的心
你依旧站在寒风里　　在料峭里奔走于峭壁间
不顾我的呼喊　　对我的赴死之心毫无关心

你在非洲贫瘠的土地上寻找水源　　我寻找你
此刻你遥远隔世般的微笑却让我产生了赴死之心

2013年12月27日

女人　是一株开花的植物

此刻
身体里如期而至的植物般的生长和成熟　用流血展示她的惨败
警示自己是一个女人　一个还算年轻的女人
当然　更多的时候是麻木的　是视而不见的是熟视无睹的
忘记自己　忘记自己还是一个女人

女人似一株植物　一株多年生开花的植物
但这株植物又不似植物般把花开到永久
她的花期止于年轻的时候
花期又因个体而异
有的持久　有的短暂
有的只开在一瞬间
可悲的是那不再爱的女人
人为地缩短花期　过早凋零

女人似普通的红的　黄的　白的玫瑰
又似蓝色的妖姬　在自己恋人的心里是那无价的珍奇
似蔷薇开在每一家的墙外　又似蔷薇下街扑的

女人
惊艳了在惊诧里观赏的路人
有的似芍药艳灼奔放　有的似水仙
在简单的生存环境里清新　脱俗
有的生在温室　有的长在田间　有的开在路边……
所有的花朵都似女人的一生
从青涩到灼灼盛开
其间经历了太多的疼痛和挣扎　分裂和蜕变
不同的花代表不同的女人　不同的开放又似是女人不同的性情
或典雅　或温顺　或蓬勃或柔弱　或竞相开放或与世无争

女人倾尽全力地绽放　让春光失色
在绝望里等待　像植物对待自然
无惧接受季节和天气　该开放开放　该凋谢凋谢　并努力做一株多年生开花的植物
没有爱情也一样爱着
爱着爱本身　爱着自己　爱着生活
爱着这世间的烟火
那样的女人是那种开不败的花
是真正的一株多年生开花的植物

2014年10月10日

我说不出的哀伤　想你

这突然而至的思念
让我猝不及防
使我感到很震惊
已经忘记得太久
那里的不安定和还在蔓延的疟疾　使我想起你
我想你时　你却在世界的盲区
地球上有人居住的地方　还有多少卫星盲区
我曾戏谑地问你
你就在那里　那没有信号的盲区
你走得真远　连卫星都不能达及

我能想象出你的艰苦　　内心遭受的磨难
肉体所遭受的苦难彻底减轻了你精神上的痛楚
你这次的放逐　　是一次彻底的洗礼
在大西洋里洗澡　　在贫瘠的土地上找水源
帮助非洲患哮喘病的小女孩
你感叹他们医疗的落后　和他们一样吃着木薯
分食你精心炒制的蛋炒饭给黑人工人　和你在国内乡下工作时一样
和我通话的同时应付着一个黑人警察给你打招呼

你淡淡地说着　在这里待久了都认识了
你说　除夕有时会和熟悉的大使馆的工作人员
一起吃饭

我说不出的哀伤　想你
像想一个老友　一个亲人
我喜欢这样的感觉
我们开始了另一种相爱　没有争吵只有牵系和
祈祷
爱对方的理想
爱对方的生活
爱对方生存的艰辛和理智
爱对方的苦难
爱这苦难中充满尊严的心
爱这挣扎里纯净的灵魂

我说不出的哀伤
想你

2014 年 10 月 15 日

第四辑

存在与虚无

我期待有一天
和天地相处和一草一木相处
相互明了
无需表白

存在与虚无

牙痛　咳嗽
身体的流血　以及
淡蓝色的药片
是存在的
你的声音　文字
此刻你在远方夜里的低吟　思念
是虚无的

无影灯下被拿走的些许组织
探进皮肤的金属条
那小小的骨刺
是存在的
此刻银行卡上变幻的数字
名声以及未来
是虚无的

你眼前的苹果　燕麦粥
手中的汤匙　是存在的
住在北极圈的女人

从冰箱里取出的鲸鱼片是虚无的

2016 年 11 月 15 日晨

一次密谈

当我身处人群　　我的心和心开始交谈
他们的聒噪与我无关
当我独处幽居时
我和书籍　家具　蔬菜　小蘑菇聊天
它们的安静让我心安
当我带着我的骨灰上山
我的灵魂早已潜入无边
去寻找另一个灵魂密谈
他们的高论让我相见恨晚

2016 年 12 月 14 日

在深雾笼罩的平安之夜

——给 X 君

在那个深雾笼罩的平安之夜
我和你相见
路上不时有走过的学生
手持玫瑰花的女孩
包装精美的苹果
闪烁着星星的圣诞树
洋溢着节日的狂欢

没有雪花　是
橘黄色的深雾
我怎能望见你的眼睛
手牵手　心和心在若即若离里
在众人的嘈杂里
我问起你在欧洲画廊　非洲无人区的感受

在深雾重锁里我去见你
你作为一个周游世界归来的人
带来的一丝异国女子香水及街边画廊的气息
那一股浓浓的远方的世俗之气
给相见注入了他人的呼吸

在深雾重锁的街道上
手牵手走着
已不是恋人
亦不是知己
甚至不是同路人
我将你送到别处
我将转身回到原来

却依旧在说着　　其实
我是在说给旷野听啊　你
怎能明白我的心
我要的不是世俗里的荣耀　以及那些活在光芒里的伪善　虚假的影子
已不妄想真情和真理
亲爱的　　真实和真像都是奢想

我
一个人已交谈了太久
已不需要声音
心和心交谈
声音早已是多余　　你听
那开始沙哑　蜕化的元音
你再听不到那昵哝如莺之音
声音也渐渐长大　也不再懵懂不再多情
也变得无棱　无锋
藏起了凌厉　藏起了柔情
本质的　天然的　宠辱不惊的

和你说着
已经足够了
我说给过往　说给空旷的街
说给深重的雾　说给昏暗的街灯
唯独不能说给你

在浓雾深锁的平安之夜
我们手牵手
心和心在无法企及里

2016 年 12 月 23 日

我和你（外一首）

我在幽暗处　失眠　生病
读书　纠缠在一个虚词里
担心一个少年的迟归
羽绒服的单薄
昂子鱼的价格

你在人群的簇拥里阔谈
开发区的蓝图　自己的书法
女儿的学校以及文辞华美的演讲稿
那些不实的言辞虚假的数字

病人为疾病吃药而节衣缩食
健康的人为长生每日食鹿茸　海参
一个在深幽里
一个在激扬里

风让我们分开
我成为一株草
你成为一棵椒

一棵生在污浊里的椒怎能理解长在深山里的草

一株长在崖边的草更不会向世俗里的椒暗送秋波

2016年12月29日

一种存在

你在我体内
既拔不出
又找不到你的存在
犹如一根久远的鱼刺
存在于我的神经里

你的确是存在的
你有时是有的
有时又确实是无的
我不习惯这种有
也不喜欢这种无
忘记你你又切切地存在
寻求你你又无迹可寻
你之于我之外的存在
令我感觉到你的虚无
感觉到你的存在我又在隐隐作痛
我和你共同存在时
你在我体内已成为我

那时
我已不再是我

我也就成为我的异物

2017年1月2日

在闲暇里

些许的饥饿　轻微的疼痛
适度的失眠是必须的
黯然地思念　微微地怀恋
细小的忧伤是必须的

适当地醉酒　咖啡
饕餮　长歌以及漫游
小小的放纵是必须的

相聚　分离
活在咫尺犹如天涯里
和久别的你
在仇恨里相亲相爱是必须的

2017 年 1 月 30 日

你莞尔的笑
——致杨红英

你莞尔的笑　白白的牙齿在阳光下闪烁
那么干净　那么美好
你从外面跑步回来
烟灰色的运动套服上两条红色的边线
既增添了灰色的高贵　又加重了红色的跳跃
由于运动而变得生动的面庞　喜悦
闪烁在眸子里

感觉比平时更白皙　光润的面颊上　雀跃
隐现的小雀斑
显得比平时更动人
那一瞬间　我
爱上了你

我从公寓出门
你从外面回来　站在门口和人聊着什么
就是那时　我看见了你
看见了你的笑　你闪烁的牙齿
明亮　迷人

你莞尔的笑　白白的牙齿

闪烁在

我的梦里

2016 年 12 月 6 日

突然而至的绝望

无休无止的雾霾
缠绵数日的无眠
不速电话的惊扰
语气　词句携带的情绪
需要净化的水和空气　　战战兢兢喝下的牛奶
让热爱成为徒劳

突然而至的绝望
让一场相见成为未知

2016 年 11 月 20 日

书 籍

这些书籍
在某一年某一天某一刻
来到这里
带给我片刻或持久的快乐和忧伤
更多的是一种力量和慰藉
我熟悉那一个个封面一个个书脊
犹如熟悉亲人的眼睛以及某些言语的深意
在人世间在生活里
只有读书是自己能够掌控的
也只有读书没有负我
只有读书让我品尝了人间不曾有过的那如灰烬般的快乐
也只有书籍给了我隐秘而持久的慰藉
所以今生以书为伴也即是以爱为伴
直到呼吸的最后一刻
书籍一定是那与我执子之手共赴另一世界的唯一陪伴

2017年2月26日

蓝色药片

那深沉的　激情的　梦幻的　沉迷的蓝色药片
在我生活里的某一阶段
某一瞬间　　慰藉　抚触　治愈我的
感冒　过敏　失眠　无助　恐慌和绝望

当失眠和绝望袭来　身着蓝色外衣的你坐在我身旁
轻轻解开我的白色病房睡衣把我拥入怀里
一如你的轻唤从大洋越过窗下的树门前的花桌上的书籍角落的尘埃落在我温热柔软的枕边
一如童年的夜晚母亲带着幽香在冬夜里用柔软的棉被再次把我裹起放在自己的胸前
一如春天在醉意的失眠里在祈祷的音乐里和上帝的秘密交谈又犹如随那团蓝色羽毛离开了纷扰的人间

那深蓝的　浅蓝的　淡蓝的　幽兰的蓝色药片
那清醒的镇静的梦幻的绝望的蓝色药片在我的生活里迷惑着　生活着

2017年2月21日清晨

你

——某种爱慕

你在我的生活里隐匿了很久
似凡·高的苦艾酒般吸引我并指引着我

有时飘荡在窗前
有时停留在书页
有时静止在眼眸
有时凝结在心里

在不觉里
你占据了我坚如磐石的空间

2017年2月12日

弗兰斯嘉

——地狱里开放的花朵

我和你以爱相识
应该躺在婚床
却在这冥间相聚

我们一起来到这里
有你陪着终日飘荡
凄凄地狱并不感到惶惶

我如此快乐
和在世间一样
你依旧属于我并不离须臾
你属于我
我属于你

亲爱的
和人间相比
我更爱地狱

2017年2月13日

注：保罗和弗兰斯嘉是但丁地狱里的一

对恋人。两人叔嫂关系，弟弟保罗曾代兄简乔托行婚礼。后因相恋情发，被简乔托所杀。在地狱的第二层等待上帝的判决。但丁既把因为恋爱而失去生命的弗兰斯嘉和保罗与淫荡的皇后、引起战争之乱的海伦、为爱而被人暗算失去生命的大英雄阿奇琉斯等一起放入地狱的第二层，却又对他们报以深深的惋惜和同情，后人称此是文艺复兴时期出现的“人文主义”反封建、反教会的一种新思潮，是人与神的争斗！

我和你

——致X君

我
全力地靠近
并向你敞开心扉
我的爱我的悲
我的思我的泪
我的忧伤我潜在的向死而生的心
一一展现给你

仿佛认识了千年
仿佛相知了一生
仿佛你就在眼前
又似和你一起坐在图书馆里
一起手牵手走在校园
我仰望着你
期待你吐出的任何言语

此刻
你的静默
犹如我和你在寂静的图书馆里
听到对方的呼吸
我们挨着如书架上相邻的两本书

亲密无间　时时耳语
我和你在此间的低语
如书架上一本书和另一本书的彻夜交谈

2017 年 2 月 17 日

两本书

——致 W 君

你送我的两本书
紧挨着在我面前
保罗·策兰的《罂粟与记忆》
海德格尔的《存在与时间》

他们的相遇是偶然的
却是如此合理
此时在我的膝上摊开
陌生的他们于我
具有了意义和文字无关
和原来不同

2017 年 2 月 24 日夜

绽

你小小的细细的微微地开着
你初次见到世界的目光
怯怯地躲闪着　　似不胜今日的阳光
似婴儿发出的第一声细小柔嫩的呢喃
迷幻而神秘

你小小的细细的微微地开着
怕吵了熟睡的婴孩
怕惊了窗台上的鸟儿
怕扰了阅读的母亲

你小小的细细的微微地开着
但你终于没能忍住
那初次与空气接触的咯咯声
惊醒了窗外的鸟儿
惊醒了门前的小草
惊醒了沉睡已久的外婆……

2017 年 3 月 20 日

柏拉图

你站在那里
前面是老师苏格拉底
那个为了真理而饮鸩的街头演说家
洞穴和教育的产婆说
所有的聊天都称为《对话录》
那怕老婆的丑老头因为你而复活

后面是你的学生亚里士多德
在吕克昂学园
创办了自己的“漫步哲学派”
收了个很有名的学生叫亚历山大

百科全书式的大学园
道德　美学　逻辑　科学　政治和玄学
我们都是他的学生

你注重灵魂的生殖
自己却逃于婚外
你不会知道　如今柏拉图式的爱情和你的初衷
已南辕北辙
数学　体育和哲学依旧是人类的必需

《理想国》里
你们讨论的真理和正义
还在讨论和争议
看这样子
还会一直讨论下去

2017 年 9 月 12 日

不能分身

一大早就和上帝商量　　讨教分身术
一个去南海开疆拓土
一个去乡下教书

一个在南京摘桂花
一个在湖边陪妈妈
一个在世界周游
一个在家里读书

从源头分开
一个到黄河
一个去长江
最后一起汇入海洋

从地心分开
一个去地狱
一个去天堂
再一起回到人间

2017 年 9 月 13 日

在多重世界里穿梭

从泰勒斯到赫拉克利特
从笛卡尔到海德格尔
一一到来
从自然派到罗格斯派
从我思到我在　都不能拯救因渴望睡眠而体验
的生不如死
体验到海德格尔的三种世界共存的感觉
失眠的夜里在多重世界里穿梭
和神交谈和文字交谈和自己交谈
唯独不能确定是否还能生还

清晨短暂的安宁
靠着夜间的写作和阅读
换取回到阳世的一些本钱

2017 年 9 月 20 日

在云端
——致张素贞

你精致的容颜
温婉　凌厉
娇小却充满能量的身影
在我的梦里
醒后真的很想你

说实在的
我第一次见一个人
如此在云端和世俗里行云流水
一切都那么自然
真诚　真挚
激扬　勇敢
无论在哪个群体里
都那么倾心　那么从容
那妩媚中的严厉
严厉中的妩媚
那成年人的眼睛里透出孩子般纯真的光
我是多么喜欢那光啊

在我们不多的相见里
我从你那里采撷真挚和能量

而我的懒惰辜负了你
我也许不能和你一起漫步在云端
在自己的尘埃里劳作也一样快乐

看似不同
我和你终究是同道人
你明白的
亲爱的

2017 年 10 月 2 日

了然于心

这种再次被唤醒的疼痛
如中医学里的瞑眩反应
也希望在这次发作之后能够痊愈

一切都了然于心
一切都能在我的这次发作里释放　释然
恢复一个天然健康和旧疾没有丝毫纠缠的婴孩般的我
即便离开母体即便离开人群依然静默地存在于世间

我期待有一天
和天地相处和一草一木相处
相互明了
无需表白

2017年11月23日

无　题

无论多么不舍
你终将离去
此刻我享受着寂静以及终将寂静的时光
那大片的阳光
空落的院子
风叩门环的响声
鸟声　虫鸣
浅唱　低吟
时光在落叶里行走
从一个世界走进另一个世界
依旧有你的影子

此刻
我不再思念
也不再爱

默默享受这即将分离的时光
那一次次追慕
那一次次抛离
分离　只有分离

才使我更加爱你

2007年12月31日

春　祭

不要相信那些文字
也不要相信爱
唯有伤口是真实的
带着亘古的血脉

演绎着一场又一场骗局
背叛以及侵略
让梦逝于豆蔻
不等花开已成为口腹之骨

世上的骨头和花朵一样璀璨
在深夜里
遥遥诉说

2018 年 3 月 15 日

第五辑

时光碎片

散步时
你总是把我的手放在你的口袋里
我们的手在口袋里相爱
温暖而沉醉

弟 弟

——给小斌

弟弟
你住在那个城市
那个城市对我很重要

那个城市的风曾拂动我的窗帘
那个城市的雨曾打湿我的地板
那个城市的热浪曾把我灼伤
那个城市的荫凉也荫凉了我
我的心里装着那个城市的晴雨表
我能够想象
你在那个城市熟悉不熟悉的街道上怎样地奔忙
我能够想象
你的快乐你的忧伤
我理解你在一步步实现的梦想
我能够想象
我能够想象你像我想念你一样想念我

我依然记得
你一路抱着菩萨在夜里的火车上
赶往姐姐居住的城市
我能够想象你抱着菩萨为我祈祷的心情

我的疾病一次次把你惊醒　多少次你跪在菩萨面前祈祷
震撼了身边的阿娟
震撼了听我诉说的每一个人
每一次生病都不能隐瞒远方的你
你的预感　曾让姐姐一次次逃离死亡
你的牵挂让我如此牵挂
让我如此心痛　每当想起我都不能自已

你送来的菩萨一直在书房静静地陪我
让我和凡子不再害怕　那个只有我们两个人的家
她没有辜负你一路从南京抱送而来　她知道你一路的祈祷
和一直的期盼
多少次　感觉你一直就在家里　感觉你就在身旁

记得那年你陪我在医院度过除夕
一次次陪我熬过生死
那天你说　为了抢救我
全院呼吸科的医生包括院长都没有休息
第二天　从院长到护士
你一一酬谢
那天　我分明看到你重负之后的轻松
那轻快的语气是我住院以来你不曾有过的
暖气的阀门处不时滋滋冒着蒸汽

还记得你和麦子感叹暖气的热
亲爱的弟弟　你站在窗前和医生交谈的样子
仿佛就在昨天

我想起从前
我们一起度过的时光
想起你小时候少年时在院子里玩耍　画画的模样
读书时我们一起居住的阁楼　以及
和朋友一起在园子里的喧闹

我想起一起居住的日子
你怎样照顾我的生活　担心我许许多多
我不能忘记　那天夜里你梦里惊醒
跑到房间　看到已不省人事的姐姐躺在地板上
你开车和邻居一起把我送到医院　那是
我第一次接触死亡
也是第一次和死亡擦肩而过
我开始了和死亡的纠缠
你开始了无休止的恐惧
我知道　你夜间的一次次惊醒
是那时给你埋下了恐惧的种子

还记得　你从部队请假照顾我和凡子
那一年你不足十九岁　弟弟
我忘不了给凡子洗尿布的你
我无法表达对你的愧疚

我能够想象你对我的牵挂和担心
无论我在哪里　总有你的朋友过来看我
从青岛到南京
从你十七岁到你而立
一直一直
我都是你的牵挂

多少次　不知多少次
居住在郑州却常常花着你从南京寄来的钱
你
一次次
一次次让我渡过危机

我比你年长七岁
很多事情你比我明白
一切来于书本　如今我已经不如我的儿子
弟弟　很多事情
请你原谅我
因为我的缘故带给你的难堪和负担
我多么惭愧
我的生活　我的生命在无尽的颓废和热爱之中
我依旧简单　那称不上事业的闲情
但我骄傲我纯净的灵魂　　　还有
我没有辜负我自己的生命
以及我对你犹如你对我的心

亲爱的弟弟

多少次忍着不能不去看你　我的心愿和妈妈一样
我也是那么牵念你　我也想能够和你在一起
哪怕是居住在同一个城市里
我多么欣慰　妈妈一直在你的身边
我们少了多少牵挂和担忧　我知道
你在被塑和自塑里成为今天让我骄傲的你

弟弟　我的生活也开始改变
我将拥有自己的生活和健康
我将恢复到从前
一个人　去远方
可以随时去看你

弟弟
我不在你的身旁
让我的祈祷做你的拐杖

2000 年 1 月 1 日，修改于 2012 年 1 月 16 日下午

爱情一页

——给信君

你的不容置疑　断然离去　中断了我没有来得及回复的那封长信
中断了你我下课后的交谈
我们在谈论的海德格尔和你在读的古典文学以及你喜欢的博尔赫斯

今天我过着循规蹈矩的日子　经历了数不清的生死
依旧对人生保持我单纯而热烈的心　我甚至加重了我的愚笨
却保留了我漫无边际的自我约束的生活　靠柏拉图式的爱情度日
精神和肉体是彻底分离的　既贫穷又奢侈
大片大片的时间在病中　大片大片的日子在混和混乱之中
一堆一堆的衣服是我手洗的　一堆一堆的药片是我服下的
一切都是一种壮举
一切都值得炫耀　有的是难以置信
一些莫名其妙的话　一些莫名其妙的行为你都应该明白

我相信你会明白　那无知的女人那幼稚的女人
那梦幻般活着的女人
会偶尔在座位稀少的咖啡馆里
喝一种那时我们常喝的不加糖的咖啡　雨天里
常常一个人去书店　是你我喜欢的三联书店
在那待一个下午　在那架我们喜欢的书籍里流
连很久
那橘黄色书脊绿色书脊蓝色书脊的书　几乎都
买全了
那是一套长达一百多本的《汉译世界学术名著
丛书》
曾让我们多么向往

那时感叹的那套丛书　每次站在那里的心情
我不能忘记　那时我们多么年轻多么快乐对书
籍是多么如饥似渴呵
你还有那时的情怀么　你还有那时的激情么
信

我丢失了你给我长达七页的信　也丢失了你对
我的信任和等待
尽管　在影院门口你帮我系围巾戴口罩的情景
我清晰记得　你送我的口罩
你用过的书我也用了很久
那一套朱东润编的《中国古典文学作品集》
我也曾托法律系 90 级的学妹阿菲送还了你
你看到书时　我已不在学校了

我知道你也很快离开学校
那停止的课业
那终止的散步　那不再继续的诉说
那些日子我用阅读填满你留给我的空荡
曾借了三个人的阅览证曾找到熟悉的图书管理员
每次她都惊讶我所借书籍之多
曾叫我们共同认识的外文系的那迷人的阿梅帮我送回宿舍
英语系喜欢文学的 Miss 杨乐不可支　常常借阅我带回的书
作为交换　她让我阅读了她借阅的卢梭的《爱弥儿》下半部
当我养育我的儿子时　我常常遗憾没有阅读上半部
直到多年后我真正阅读整部书时才明白这遗憾是不能弥补的
好在我儿子才 7 岁　我开始了我为时不晚的自然教育

想起我们在一起的点滴小事
那天看画展　展览馆关了门
我们步行在街上　手牵手
霓虹灯照在我们回学校的公交车上
空旷而迷离　那种不知驶向何方的感觉
第一次让我不再恐惧　有你在身边
那是初识的你　真挚而热烈的你

你说你喜欢
忧郁中透着妩媚的我　我想说
我喜欢这样的句子

我们一起用电炉煮面条
在食堂买一些凉拌西芹煮一包方便面
就是一顿美味的午餐
一起看电影　一起逛书店
一起去图书馆读书
一起去市场配钥匙
我爱丢钥匙的毛病没好多少
不知多少次等待儿子为我开门　今日
我知道我心不在焉的事情
其实是多么重要

我生日那天一直下着雪　你一整天陪着我
你送的玫瑰我插在案头　引来室友的羡慕和感叹
那天我们一起爬到学校主楼的顶层去看雪
加锁的顶盖阻挡了很多冒险的同学
在学校的南门看到一些女孩子在总理的塑像前留影
我们在雪地里久久留恋
一些低年级的学生在结冰的湖面上打雪仗
那恣肆的青春那四溢的快乐那飞舞的雪球
多么令人难忘呵
从熄灯后的图书馆到

流连在操场上的诉说　以及
那艺术楼下你的告白让我感动也蛊惑了我
那幢范曾投资的艺术楼当时还没有正式使用
总有学生在此流连
很多年前范曾就已回到了那里
他不会知道　在他建造的气质非凡的艺术楼下
曾迷惑了两颗年轻的心　庄重而美好
真挚而热烈　不容置疑
清晰就在昨天

散步时
你总是把我的手放在你的口袋里
我们的手在口袋里相爱
温暖而沉醉
你还记得么　信

你为我补习的英文　没怎么进步
进步的是我的忍耐和坚韧以及那仍在继续的付出
为爱　为生活　为自己的爱好　那不能称为事业的闲情
这应验了你曾写的硕士毕业论文《论浮生六记》
那时我为你誊写的稿子也足足有七页　你曾惊叹我的字迹
我们一起将它送到《天津社会科学》编辑部
那可爱的女性那个可爱的芸
也是我喜欢的　我想我也一样是可爱的

可以以我现在的一事无成来证明

这没有尽头的疾病
这糟糕的人生　你问我的事业
我的事业就是我的疾病
恐怕我要把它带进坟墓了
对于生命我有太多的感伤和无奈
似今晨可怕的雾霭又似我继续的哮喘病
你知道我并不热爱我的生命　我爱的是生活本身
是生命之外的风景

今日的诉说
是青春的祭奠　是一种感伤　是一种觉醒　是对一种情感的回复

2012 年 1 月 18 日

一颗流星的爱情

——给 X 君

在你我居住的城市里
你我曾千百次错过
当我能够见到你时
我却不能喊出你的名字
你的名字珍藏在我的心里
在我的字句里
你的人也在我的想象里

我想象你的生活　一个大学的教授
一个研究所的学者
还是那么寡言　慎独　远离浮华
在世俗之外　在喧嚣之外
这是我爱你的理由呵
当我知道你身居高位
看到你被身边的人簇拥着
那双拿笔的手居然　居然那么娴熟
你依旧是那个眼神
仰视时有点畅想　有点思索
俯瞰时眼中的迷离　一些探索　一些玩味

我相信

你是一个值得信赖的人
相信你的品质　相信你悲天悯人的心
我相信你的强大　你的柔软　我想
没有人能比我更理解你的柔情
只是
我依旧有一点遗憾　我的遗憾在世人的眼睛里
是可笑的　也许
你会明白我的遗憾

我曾想象　你
伏案夜读　著作等身依旧谦逊
黄昏散步在有学生欢笑的校园里
像朱光潜穿过那个矮墙在校园里散步　疾走
我甚至想象
我会在那里遇见你

如今
我就要去那个城市
你身居要职　我依旧是在校园
曾经梦想的相遇和相见　是多么可笑的一个梦

你之于我
是一个恒星看一颗流星的划过
恒星怎么会理解流星的心情
在天体里一颗流星是不会和一个恒星有交集的
现实里
我在我们相爱的那一瞬间永恒和死去

我曾想象
我们分开
似两颗流星划过　一起的陨落　毁灭　沉寂
如一起坠落在大西洋深处的两颗陨石
亿万年　亿万年也不会
相见呵

事实　是一颗流星和一个恒星的爱情传说

2013年12月20日

阳光下的咏叹调

——生活交响乐

1

这阳光　田里的玉米喜欢
大豆喜欢红薯喜欢　绿豆喜欢豌豆喜欢
苹果喜欢梨子喜欢　橙子喜欢柑橘喜欢
椰子喜欢杧果喜欢　桂圆喜欢山竹喜欢
乡下的二舅妈喜欢　葡萄园里的表妹喜欢
疗养院里的大舅舅大舅妈喜欢
邵姨家院子里的石榴树喜欢
妈妈喜欢　我喜欢

2

二舅妈在收摘她种植的豆角怎么吃也吃不完
整个院子晒满了
收完麦子种玉米　出了红薯收花生
七十多岁的人了　陆续给两个儿子四个上学的
孙辈洗衣做饭
把一个孙女从小学送到大学　才离开她去父母
所在的城市读书
两个儿子都不在身边　一个在北方打工一个在
南方做生意
各自的两个孩子都留在老家上学

如今　孙女的弟弟跟着姐姐在北京的公司干得也不错
小儿子的两个儿子都已经工作了
她一生没有出过村子　操持了三代人
她是中国许许多多普通母亲中的一个
她是最典型的中国妈妈　中国奶奶

3

表妹忙碌在葡萄园　年纪轻轻　不施粉黛依旧很漂亮
她的脸在阳光下闪烁着　像一颗颗紫葡萄泛起的红晕
质朴　成熟　欢愉而欣慰
忙了一年　遇上今年的好天气　葡萄遇上了好年份
每年亲戚家的餐桌上　都会有喝不完的她自酿的葡萄酒
今年的阳光会让葡萄酒格外地不一样
金灿灿的阳光里　她一边走一边欣赏抚摸那一个个玛瑙似的小东西
她像极了凡·高画的麦田里走出的女人

4

疗养院里的舅舅舅妈一起晒太阳　退休后
为了不给儿女增加负担　他们一起住进了疗养院
一辈子在党政机关工作　兢兢业业　勤勤恳恳

在都市里一直过着农民式的生活　种菜　养鸡
吃乡下自己种的麦子
一辈子花的钱也没有贪官们一顿午餐多
今生他最大的花销就是一次次住在医院
退休后　他的工资刚好够两个人住疗养院
我想　他终于能够用超前的方式安度晚年了
他的生活方式改变了

5
邵姨是我在湖边居住时的房东　坐在门口可看
见湖水和湖中心小岛的大院子
每天和数不清的熟人　邻居聊天　门口种满了
各种各样的蔬菜　门前的柿子树　院子里的石
榴树　房顶上的香菜　冬瓜
石榴树结满了果子　从春天火红火红的石榴花
开到石榴成熟　她都没有离开过自己的家
邵姨过得很快乐　她像对女儿一样待我
有点想石榴树　也有点想她了

6
南京的小侄子　今天开学了　电话里听到他欢
快的叫声　弟媳的催促声　带好作业　要走了
在南京外国语小学　还在外面学奥数　真有点
担心现在的孩子　是不是过度教育了
快乐地成长比学习更重要
我给他的新学期赠言：健康成长　好好吃饭
突然想他　也想小狗黑贝了

7
妈妈打开柜子　晒弟弟给她买的毛皮褥子
她把最暖的阳光收在皮毛里　直到冬天使用时
阳光的味道还会丝丝缕缕散发出来
这是妈妈的经验　也是妈妈阳光下的生活

8
儿子一整天不出门　在准备他的法语考试
TCF 或 DELF（法语等级考试）　顺其自然吧
一路减重十多公斤　坚持和毅力是我们每个人
都需要的
菁菁年华就应该在菁菁校园里
久没有消息的人告诉我　儿子留学的学费准备
好了

9
不能辜负了这样的好阳光
窗户　阳台摆满了我的那些束之高阁的书籍
像很久没有见面的友人　只是面熟并未深交并
深感惭愧错过的岁月
又像弥足珍贵的真情　促膝而谈吧
在这阳光里　之后
我将这些高阁的书籍和这些日子读过的书换个
位子
像学生新学期重排座位
我想
古时　家有藏书楼的有钱人也没有我此刻富有

10

在今天的阳光里　我为自己做出了一个大决策

我将开始我计划的旅行——走进生活里

去生活

2016 年 8 月 31 日于郑州

桂花开了么

昨夜我电话询问了南京的桂花
家里的小狗黑贝
弟弟们会原谅我的
没有先问两个小坏蛋
和他们自己

他们知道我很久没见黑贝了
也错过了两年的桂花
那满树满树的桂花
那满地满地的桂花呵

那年为了要做桂花蜜
我和小侄子大中午午休时间出来摘桂花
也应该叫捡桂花
那是已经灿烂辉煌过的桂花
小家伙欣欣然拿着小筐子跑在前面
每一棵树下　每一家门前
都是遍地的淡黄　米黄　柠檬色的小花朵
那橘红的小花朵是名贵的丹桂
没有感觉它是开败的花殁掉的花
那倾尽全部的桂花

那小小的可爱的身体
依然馨香着　依然被怜惜着
那些被捡拾到筐子里的花朵簇在一起
有的已经开始枯萎有的正在开放
有年轻一些的在簇拥里显得很华美
更年轻的还在枝头怒放着　微开着
甚至还有一些枝头存着小小的微黄的骨朵

一棵棵树下　一家家门前
有时忍不住晃动一下树枝
桂花雨纷纷落下
小侄子欢叫着手忙脚乱地捡拾着
乐此不疲地奔跑着

满满的一小筐的桂花
还不停地给我讲桂花的知识
什么金桂啊银桂啊丹桂啊
花期啊
我惊奇于他的知识
八岁的小家伙在仙林的南京外国语学校读三年级
自然知识和天文知识都很丰富
喜欢看侦探剧喜欢看大人看的书
如果有更喜欢的那应该是劳动和大自然

他雀跃地忙前忙后　上去摘下去捡
小心地摘去干叶　他并非为了桂花蜜桂花糕桂

花鸭桂花酒　他只是爱这项跟桂花有关联的劳动
每年都是他第一个报告：桂花开了
门前的桂花开了

耳边常常响起小侄子稚嫩的声音
桂花开了
门前的桂花开了
姑妈　吃饭了
姑妈　我们去遛狗吧
姑妈　我们一起去摘桂花吧

再一次听到小侄子喊
桂花开了
门前的桂花开了

2017 年 10 月 5 日

隐　痛

回到家
躺到自己宽阔的床上
幸福隆重地再次生病了
漂泊的日子
不能舒展不能放松的身体　连同积郁已久的不能诉说的压抑与忧心
面对亲爱的枕头和床头熟悉的书籍
竟一时无从说起
表皮的伤未愈
某个部位隐隐作痛
提醒某次的摔伤或扭伤
的不作为

亲爱的旧疾亲爱的痼疾倒是很讲义气
只要每天吸一次药就能给肌体一天的氧气
内有隐情　不吭不响　不哭不闹
这肌体像每天吃一顿饭就能正常运转的庸人
正常工作　不好不坏　疲疲沓沓
又像在机关工作一辈子的大舅妈默默无闻　一丝不苟　谨小慎微又看不到任何政绩只是例行公事

常来骚扰的咳嗽是一个被称为普通君却不普通的家伙　毫无君子之风
是一个流氓
他不分时候不分地点像天下所有坐在班内后排的捣蛋生
你不知道他什么时候发作　可能在你书写时也可能在自习课上
课间的时候更是防不胜防　挥在弱生肩上的拳头　栽向女生身上的纸飞机　花样繁多　伺机而动
此君在我每次外出一段回到家的第一个星期必然光顾
夜间不停的咳嗽在陈述这个城市的空气
要从床上起来再给一次止咳药水来抚慰　麻痹那辛劳的胸腔
一个星期后开始习惯和讲和
室内价格不菲的空气净化器不眠不休　似乎有一些震慑作用
不咳嗽了　开始感到腰部隐隐约约的提醒
噢　想起了那次扭伤
由于搬动床前的一箱刚买的新书
在扭伤之前我着实是在大雨里倒在一辆白色的车前
我正骑车穿过斑马线
为了躲一辆对着我飞速左转的白车我在直道上急转弯摔倒在那抢道的车前
究其原因已找不到原因

我想
把隐隐作痛的部位放在高科技仪器下
还真未必能明察秋毫
这里的隐痛我自知也有觉
什么咳嗽啊哮喘啊失眠啊牙痛啊　以及椎间发出的诡异的疼痛啊都还能描述还能说清
此刻有一种隐痛不能述说描摹不清又似想象中的一个具体
若有似无飘飘忽忽又结结实实……

2017年11月1日

那个最温暖的诗人走了

——致马新朝

你的匆匆离去带走了一个最温暖的诗人
带走了一个时代
你留下的空白
你留下的精神
你留下的诗人情怀
没有任何人能够替代

不只是诗歌　不只是人品也不只是名声　唉
哪里去寻找那温暖的眼神　哪里去寻找那温暖的声音
那轻柔的真挚的带着笑意的声音
说着一个过去的熟人　带着温暖的遗憾的语气
谈论一个老友的疾病
带着善意的宽容的欣赏的鼓励的亲切的肯定的语气谈论晚辈学生的诗歌

你如此温暖　如此温暖　我怎么就不去拜访你呢
我怎么就把你想成和别人一样了呢
说好了过一段再次看你
说好了让你为我的诗集写序的

你怎么就这么匆匆地走了呢

我在你送的那本诗集上
每一首诗的后面都写满了字
那刚刚落下的雪
那马营村的风
那朵南瓜花
那传递信息的蜜蜂
那竹篱笆
那落在书桌上的时光
那尘埃
那露珠
那梦

我和一个诗人一直在谈论你
我一直止不住悲伤和泪水
必须找一个和你相熟的人谈谈　谈谈我的遗憾
谈谈我的思念
谈谈我痛彻心扉的痛　我何时如此这般痛过啊
那温暖的　活生生的　笑呵呵的你
是因为你的诗歌　　是因为你的温暖么
那个世界也需要温暖也一样需要诗人么
还记得那天在乡下我短信给你说想让你给我的
诗写序的事
哦，我这一段还真有点忙呐　你说
我分明再一次听到你温暖的声音　等你回来再
说吧

我延迟出版的诗集让我们错过了再次相见
我何时如此释放过　如此这般痛心过啊
遗憾的是　我再也不能见到你了
我与老师二十多年前相识
我们住在一个城市近二十年
我竟没有去拜访你　你怎知
我在这个城市的幽暗里生病　挣扎　隐居了也近二十年哦
从我们最后一次相见到你离去
也只是半年时间呵

听　你一直在听
不说也不动　我和朋友一起举杯并把
一杯红酒洒在地上　我们三人在你归土的第二天相聚
你说　我还是不喝酒
红酒也不喝

你说
没什么遗憾的
想了解我　就好好读我的书吧
我想说的都在书里……

2016 年 9 月 6 日于郑州，修改于 2017 年 12 月 4 日

致吴海青

1
海青　你走得太匆忙
来不及　来不及和你深谈
见最后一面

2
二十年后的第一次见面是在三年前同学的一次小聚上
也是多年后和大家的第一次见面
还记得吗
你还是老样子　质朴的　沉稳的　安静的
微笑着露出很白的牙齿　那天你脸色也有些苍白
当时并没有想太多
问起你的身体　你说最近一直咳嗽
很久了　老不好　这些天在请假
谁都不会想到什么
你说自己建的房子住在东湖边
女儿也大了　已经出嫁了
不操什么心了
学校离家很近

课也不是太多
你说着　温婉地微笑着
那么平静　那么美好　那么幸福
一如你往昔留给我的印象

3

从在学校到今天　你一直都像大姐般的目光
温暖　没有挑剔　适度的爱怜　柔和的眼神
让对方有一种内心踏实　被深深认可的感觉
现在想来　那是一种力量
是多么美好的为人之道啊
不久听到你生病的消息
我和一众同学去医院看你
在病房你和大家聊着
同学之间亲如兄妹的真情
让冰冷的病房变得热闹　温馨
出了病房大哥送我们说起你的病情严重
已经是肺癌晚期无法手术了
每个人心中都充满了凄然和无奈
只能默默为你祈祷让奇迹发生

4

我心存希望
一次次为你祈祷
我曾几次给你电话
你总是那么乐观　开朗的笑声
能够感到你心中的欢快

知道你有一个幸福的家
有一个深爱你的人
总想和你深聊一次　好好谈谈
却两次都因时间不对
一次是你当时没接到
等你打过来时间已晚
我们聊了一些你的生活
和家人邻居一起相聚
去医院复查　吃药
你说得很轻松
有一次打电话　你在老家
也能感觉到你和家人在一起的欢愉以及你的豁达
很为你高兴
一直在爱和关怀里生活
我们几次相约却都错过
常常不知道怎么和你说
不知道怎么安慰你　当时大家都还瞒着你的病情
听到一些治疗你病的方法都会想起你
常常祈祷　希望你能逃过此劫

5

再次听到你的消息已是你离去的两星期后
悲痛无奈深深的愧疚在我心里
你顽强地和病魔抗争了三年　除了质朴　宽容

仁厚还如此坚强和乐观
这是我以前不曾知道的
听班长吕俊杰说　他和子兴　程军　红梅去送了你最后一程
他们比我与你有情
能够送你最后一程

6

海青
没能再次见你
没能和你好好聊聊是你留给我的最大遗憾

2016 年 12 月 25 日

放弃别处的生活

我只能生活在这里
我坐在这里读书
躺在床上养伤
坐在案旁书写
静静地一个人享用这一切

阳光如此地炽热
靠在床上读书
享用一天的阳光
从窗户折射到墙壁上的阳光
慢慢移动到沙发
地板
越过那张靠椅慢慢移到
床尾的木质条凳
慢慢地在宽宽的床铺上移动……

去书房找几本书
在案前写了一幅小楷《离骚》
当阳光越过书柜旁边的大叶植物龟背竹的时候
我已经在书房里劳作了
文徵明和屈原用书法和楚辞交谈的气息漫弥在

房间
最适合泡一杯陈年普洱或武夷山老茶
和这两位古人聊聊了

阳光从床尾慢慢慢慢移动　正午时分
整个床铺布满了阳光
经过漫长而耐心的停留
再从床尾一点点缩进一点点消失
哦　只剩下床头部分了
慢慢地从床头升高倏地消失不见了

这时随着阳光转到客厅　此时的阳光正在窗户和餐桌停留
暖暖地　懒洋洋地照在餐桌的咖啡杯上
那上升的咖啡热气似一缕袅袅的烟雾在阳光里升腾
此时翻开没有读完的那本书
直到阳光从西面的窗口消尽……

我
一直深爱着这承载我言不尽的生活之翼的小屋
一直深爱着这简单的生活

此时我在这里生病　疗伤　享受阳光
爱着远去的人　逝去的岁月

如植物之于自然无忧无惧地活着……

2017 年 11 月 8 日

致儿子

我的生死只对你有所不同
具有影响
我的生命也只对你才具有意义
我当然有我的自我　我的自我我的生活
我所做的一切和存在的意义
之于你
是具体的是重大的
从生活到灵魂
从烦琐到简单
都显得那么不可缺少
那么举足轻重　这之于我自己
也是全部　是世界之重
是意义的本源

我如此微小如此轻　却具有这同样身份的同样
价值和意义
之于你　甚至更甚于这些价值和意义　妈妈
这个称谓
它超越所有的温情和柔软
它超越时间和空间的存在
之于你　才具有超越自然的一切力量

它超越太阳的温暖　月亮的浪漫

太阳有昼夜
月亮有圆缺
而妈妈这个角色却是白昼和黑夜的连续
她不曾不爱你不曾舍弃你　哪怕在梦里　在疾
病和死亡里　妈妈
这个称谓
它超越所有的温情和柔软
它超越时间和空间的存在
之于你　才具有超越自然的一切力量
它超越太阳的温暖　月亮的浪漫

2018 年 3 月 26 日清晨

在暗夜里

在暗夜里
犹如暗恋
没有尽头却心甘情愿
为了极光
坠入长久的黑暗
犹如坠入黑夜的爱河
又犹如我和你的生活
在黑暗里
瞬间的极光
使我放弃了太阳

在暗夜里
犹如暗恋
没有尽头却心甘情愿
爱你
犹如幽灵行走在墓地里
犹如花朵开放在黑夜里
忧伤而绝望

2018 年 3 月 27 日

琐碎的日常

不喊叫也不叹息
承受　承担　忍耐并接受
这是我此刻之于世界的状态
不惊叹也不愤怒
一副完全投降　认可的样子
重要的是　内心的平静和平和
那看似淡然的心经历的屡屡呼之欲出又再次跌入低谷的绝望

不断地改造生活却屡屡被生活降伏
那远离的喧嚣
那些大事件
从天空被蚀的月亮到
海中被白色水草缠绕的鲸鱼

那些琐碎那些日常和大事件一样
缠绕我心间

2018 年 4 月 3 日

妈妈的早餐

1

我想　再也没有什么能慰藉我了
现在我需要哲学以及宗教
我需要感受自己的存在
像一个医生监控一个垂危病人的呼吸和心率
我需要时时感受自己的心跳
不然我将认为我已经失去了生命
事实是
我老了

2

只有每天清晨为儿子做的一顿早餐
才能让我感觉到我在生活
我在活着
从小学到大学我几乎没有为他做过一顿早餐
他上课的时候我可能还在失眠的梦魇里
在哮喘的挣扎里在医院的病房里
在他最需要我的时候
我却不能带他远行或陪他去想去的地方
为了安全
我只能把他关在家里

这天性爱动的大自然的孩子
该是多么绝望

很小的时候他就会说
妈妈　我失眠了
那时　多么好笑
那时他睡得多香呵
现在他终于知道什么叫失眠
他所要的
我却再不能给予他
从上学第一天他就能独自去学校
他到很远的地方去求学
一个人去旅行
一个人去国外
相反是我在向他索取
确实我已经索取了太多
我今生对快乐的概念都源于他
我几乎和他一样经历了从婴孩到童年
从少年到他现在的模样
我似是重新活了一次
重新拥有了我不曾拥有也不曾记忆的一切
那朦胧的幼年那模糊的少年那单纯而充满忧伤的青春
和他一样
我有了娇嫩的被呵护的幼年恣意生长的童年灿烂美好的少年以及如钻石般璀璨的青春
我再次重温了那青春特有的淡淡的忧伤和孤独

那一个个清爽的早晨　那浸着青春的汗水
他那数不清刷不净的运动鞋　那些我洗了无数双的臭袜子都是那么美好
是的　他所给予我的永远比我给予他的多得多

我所能做的只是
一顿并不丰盛的早餐
一杯鲜榨的苹果汁
几片黑椒牛肉
豆腐干　青椒
两个煎蛋
几片杂粮面包或两片煎馒头片
我们一起吃早餐
在餐桌上我们说几句简单的话
是否够吃或是否咸了

他生活规律
每天健身
神情肃穆而淡定
他单纯而成熟
快乐而略带忧伤
他的忧伤来自成长的烦恼
而那快乐是天然的
他身上充满了海德格尔所说的那种人世间的烦
而我已把那种烦藏到了深处
他还没学会
他还那么年轻

清晨
他神情庄重朝气蓬勃从容而自信地走向门外

3
我想起我的妈妈
每天这样目送
我匆忙的弟弟
以及她每天和弟弟在餐桌上的谈话
那是妈妈一天中最快乐的时光
其他人都未起床
偌大的餐桌上
摆放着弟弟喜欢吃的炒丝瓜　腌黄瓜　凉拌苋菜和一碟老家的酱牛肉
水煮鸡蛋
妈妈做的手工馒头
以及那炖煮了五六个小时的杂粮燕麦粥

餐桌上的唠叨
有时竟扯到很久以前的委屈
不时从餐厅传到楼上
很少听到弟弟的声音
他只是听着并不打断
他就着唠叨和抱怨吃着每日的爱的早餐
匆忙而有条不紊地走向那辆银色的越野奔驰
这是弟弟作为人子最难忘的记忆
也是妈妈最甜蜜的事业

直到晚饭时间
这时
早餐的唠叨换成了小侄子的叽叽喳喳
这将是弟弟
作为父亲最快乐的时光

4
我将成为我的妈妈
继承妈妈的甜蜜事业
为儿子准备一天中最重要的早餐
我将去掉牢骚和唠叨
让每一个清晨
都值得记忆
都具有意义

2018 年 4 月 3 日

她说　睡眠

1

这一生　除了疾病　还要和失眠斗争
所以　我无心和人争执
我坚持我处世的原则
以及我自己的真理

我并非只爱眼前的一切
也向往罗马的太阳
威尼斯的石头
以及普鲁斯特的诉说
水边的阿狄丽娜
旅途的风景　陌生人的眼睛
童稚或深沉　纯净或忧伤
我都喜欢
我都爱

2

季节像任性的女神
操纵着气温和风雨
不胜风雨和低温的花朵
倍受摧残

少年在短袖和棉衣里更换着出门的衣裳
母亲只带了单衣出门

昨夜没有来由的大雨
天空像被撕了个口子
在深夜里不停地倾倒在窗外坚硬的水泥地面上
从高处砸下的响声着实惊扰了疲惫的旅人
潮湿的床单　植物和腐败的果皮以及桌上盛开
的山茶花的气味也构成了侵扰
同样的雨在自家的窗前可能早已成了催眠的鸿
篇乐章
熟悉的薰衣草也更助于睡眠
雨声惊醒了睡梦　黑暗使嗅觉增加了灵敏
在持续的雨声和混杂的气味里慢慢浑然不觉
晨光里被附近军营的起床号惊醒
接着是雨里的出操声
刚刚入睡的灵魂和思想
在这一刻却变得实际
是放弃早餐
还是继续睡眠
身体也一样注重精神
她说
睡眠
只要睡眠

2018年4月12日

这伤痕和缺陷构成的我

这纤弱的肢体
这柔软的心
这黑头发
这黑眼睛这小麦的肤色
这显得细小的手指
柔软骨感期待奔跑和丈量的脚
头脑以及胸部的冷静和火焰
这柔软冷静火热和持久的痛构成的我

那黑头发那面颊上的小雀斑
那不负重担的左肩
那受伤的手指失去的头发
那膝盖上重叠着小小的疤痕
——那是幼年和成长重叠的疤痕
那心上一层一层厚厚的茧
——层层的疤痕
坚硬包着柔软
那伤痕累累的肺部长年累月的
药物和劳作
在可逆和不可逆里的挣扎
那曾催使我细胞　骨骼苍老的

——那心中曾经藏匿刻骨的人
——那幼年和成长重叠的疤痕
那一个个梦想一个个心痛构成的我

犹如生活在柏拉图的洞穴
却是那清楚知道洞穴外面世界的人
自己把自己禁锢在那里
无力挣扎
似那渐渐失去呼吸的渐冻症病人
心和大脑在坚硬的外壳里
却愈发活跃和柔情
在禁锢里思想着
想着世界
想着你

没有贡献
唯一的贡献是这渐渐成为白骨的肌体
以及那些对爱与伤痕的记忆
至于流水至于落叶至于云至于雾
至于失之交臂的你
在血液里
在骨骼里

2018年4月7日晨

拨动人性的琴弦

——读琼子的诗

田中禾

有一天，女儿把一本《莽原》拿给我，说："这里有一组诗很不错，是个新作者，第一次发东西。你看看。"女儿编诗歌多年，她回到家来很少说她的工作，自己写的东西也不拿给我看，除非我在杂志上看到了，问她，她才会淡淡地说几句。她知道我虽然不写诗了，但还是很喜欢读诗，当小说写到没激情时，就会翻出里尔克、帕斯、希尼、沃尔科特，甚至叶芝、普希金、莱蒙托夫来救我。看她脸上洋溢的欣喜，眼睛里流露出的热忱，我觉得这组诗真的有必要读读了。

儿子
你才九岁
你已经陪我漂泊了十年

眼睛触到《给儿子》这首诗的第一行，我的心就被深深打动了。

今年冬天　没有暖气
我们在小小的厨房里

生起了炉子
我们好像看到了生活的希望
我们围着炉火　　啃着土豆
我们围着炉火　　看书　写字
……

每天
每天
我等你放学回来
用你欢快的脚步
稚嫩的声音
无边无际的快乐
填满我们空荡的小屋
……

读完这组诗，我感受到一种沉甸甸的湿润，不由得立即点头说，不错，确实不错。就是由这组诗，我知道了琼子。

然后，我和女儿就从琼子这组诗谈开去，谈到诗的本质，诗与人生，诗与生命、与心灵、与个体、与人性……如果不是这组诗，也许女儿不会这么投入地和我讨论诗歌。琼子的诗之所以引起我与女儿的热议，理由很简单，她的文字感动了我们。时下的诗，能让人感动的，不说没有，起码很少。诗人们变得愈来愈理性，诗歌的面目变得愈来愈文化，以至于分不清什么是深沉，什么是虚伪，什么是先锋，什么是落套……也许我的文学观太过陈旧（文雅地说是太古典？），诗歌难道不该是心灵的声音吗？它的存在难道不是为了使人性得到温暖，使人的激情得到张扬吗？

王国维把诗人分为主观诗人和客观诗人，他认为主观诗人不可多阅世，阅世愈多愈容易丢失性灵。毫无疑问，琼子属于主观诗人。她好像根本没能进入现实生活，对于社会关系的复杂纷纭保持着一种蒙昧状态，她仿佛仅仅在为自己的生命而活着，因而她珍视的只是个人的内心世界，她的诗，自然而然地是她向着自己的内心发掘的产物。因上帝的造化，这个敏感多病的生命就多了一层意义。她写给儿子、写给弟弟妹妹、写给爱人的诗，以一种常人无法体味的情感进入了人性的一个层面，这个层面以对人世温暖最深切的渴望，对生命时光每时每刻的依恋而拨动了人性的琴弦。人性自身的浪漫与悲悯，是人类在物质世界的洪水里的挪亚方舟，它不光能拯救自己，也能使读者荒芜的心灵受到滋润，在分享孤独和忧伤中，咀嚼那份来自苦难的幸福。

大约因为琼子靠的是本真的情感，不需要什么包装吧，她的诗很纯朴，没有浮华的装饰，读起来很有质地。这使她的诗有一种生命本身的新鲜感和生动性。其实，好诗从来不借重巧妙的构思、精巧的比喻，好诗靠的是情感的穿透力和敏锐的发现与表达能力。按亚里士多德的说法，人的直觉智慧是创造性智慧，是诗和艺术的本源。好诗靠的是直觉智慧。

写一组充满真情的诗或许不算太难，难的是能否不断向自己的精神深处开掘。个人的内心蕴藏着无限的奥秘，当你进入自己的心灵时，它会放射出奇异的灵光，让你惊诧它的美丽与绚烂，给你激情和幻想，给你一个永世淘不尽宝藏的世界。如果你不能倾注饱满的情感，再美丽的文字也无法掩盖它的苍白。如果你的直觉智慧枯萎，不得不为写诗而搜索苦肠，寻找话题，你可能正在远离诗歌——这，就算是我给琼子的赠言吧。

2007年9月某日

作者简介：田中禾，当代著名作家。1941年生，河南南阳唐河人。历任河南省文联副主席、河南省作家协会主席，现为河南省作家协会名誉主席。出版有长诗《仙丹花》、长篇小说《匪首》《父亲和她们》《十七岁》、中篇小说《落叶溪》《田中禾小说自选集》、散文随笔集《在自己心中迷失》等。部分作品以英、日、阿拉伯语译介国外。田中禾以思想深邃、形式创新、文笔优雅著称。

匮乏与补偿

——日常生活的精神性建构与原发性指向

张延文

诗歌作为人类精神生活当中的基本样式之一，具有非常重要的原发性功能。诗歌阅读具备天然的生发性效果，好的作品既是诗人旺盛的创造力的体现，同时也往往能够代表诗人的精神指向。面对普遍匮乏的日常生活，诗歌发挥着一定的替代性补偿作用。

诗人赵琼的诗歌作品，在创作方法上是理想主义和现实主义相结合的，取材于其个人的真实的生活经验，并加入一定程度上的想象和冥思，提升了其内在深度。日常生活的在手的便利性是显而易见的，不同性质的事物混杂在一起，互相发生勾连，诗人通过写作让事物敞开自我，散发出诗性的光辉，从而获得精神性的建构作用。赵琼在这方面，显然是行家里手。很多年，她离群索居，过着半封闭的生活，养孩子、阅读、写作、思念，这种极简主义的人生需要非常多的精神性的补偿，才能支撑下去。在这个过程当中，她也见识了伤病、贫穷和冷漠，以及岁月流逝带来的残忍。

在某一个清晨里　　我

把所有的青春　　　都

当进了你的铺子里　连同
我的美丽
此时
面对手中的当票　　　我已不知
该去哪里　　　　　　找你

不是说好了　　　是一辈子的么
不是说好了　　　要到我死去么

——《当铺》

这首《当铺》用流畅的口语来表达，就像是一对小儿女争执时说出的带有酸酸甜甜质感的情话。“当铺”这个意象的营造具有一定的原创性，只有迫不得已的人才会去当铺，而作为质押品的物品必然是要大幅折价的，这种不对等的爱情注定是个悲剧，只是发现时已经太晚。又有多少人的情感都是在不知不觉之中被放入了当铺里呢？

我不停地读书
不停地做家务
我甚至要不停地诉说
才能够使自己不再想你

为了使自己像个主妇
为了使自己不再爱你
我已经修炼的太久

电话的铃声

门前的邮筒
推销洗发水的女人
都不能带给我
你的消息
哪怕是只言片语

——《寻你》

“玲珑骰子安红豆，入骨相思知不知。”相思最苦，特别是在面对背叛又无力自拔时，单向度的爱无可救药。三个“不停地”让人倍感酸楚，茫无边际的思念像黑洞一样吞噬一切，无尽的虚空就像无限期的囚禁。然而，所有的努力终究抵不过一缕爱的念头，相爱的人依然杳无音信。相思成了一种精神疾病，且无药可医，要对这种生命的困境进行完备的表达，是需要真实的生活经验作为基础的，这种带有质感的写作是非常难能可贵的。一个女人为了爱情做出的不求回报的牺牲，令人钦敬，这个整体形象的刻画具有浓郁的古典美，超越了烦琐的尘世困扰，清洗人心。

春天里有鸟叫
春天里有花香
春天里　我的儿子在快乐地生长

我不能死在春天
我想　在满目的春光里
那一路的奇异花草　扫墓的人们会被羁绊
我会等不及和他们相见

我不能死在春天
那会影响播种的心情

他们在播种时会再次谈起一个女子的离去
在他们的议论里　我会惊悸于他们的猜忌
如果他们温柔地谈起　　我也一样地惧怕
也许
我也一样会很忙　　在众多不认识的先辈里找一些朋友
我会忙于登山　忙于野营　忙于自己的木薯树
忙于一个不是自己的问题

那耕种的人们　　我现在
有必要和他们一起种种地　聊聊天
包括我的兄弟姐妹
我也要让他们知道我是一个怎样的人
——《我不能死在春天》

死亡是很严肃的话题，然而死亡的阴影无处不在，我们无法把死亡仅仅作为一个先验的哲学命题来对待，特别是那些由于疾病等原因正在遭受到死神威胁的人，会更加具备鲜明的现场感。诗人将春天和死亡联系在一起，美好与残酷并行，让作品产生了巨大的内在张力。即使万物苏醒，勃勃生机，也无法驱赶来自心灵深处的恐惧。将自我展示给别人，好让自己在离开这个美好的尘世时不至于被误会和忘却，轻松的语调里是冰冷和淡然的混杂，细读极恐。赵琼善于营造这种温暖里的哀伤，从容不迫，游刃有余。

赵琼在诗歌的形式上也有自己的探索，比如这首《如果》当中的一节：

如果
你还会像那时一样
在我居住的楼下

声声唤我
名字
我的名字
飘飘扬扬
飞
在
你我的
心情
里

这里，我们可以感受到声音在悠悠飘扬时的美感，产生通感的效果，仿佛真的有一种声音游荡在风里，轻轻地呼唤着爱人的名字，久久不散。对于诗歌外形的关注，从某种意义上来说，也是一个诗人对于诗歌写作忠诚度的体现，赵琼的写作态度可见一斑：将诗歌作为生活的核心，而不仅仅是一种装饰性的消遣品。这同时也是她作品质量有保证的重要原因。

你在我体内
既拔不出
又找不到你的存在
犹如一根久远的鱼刺
存在于我的神经里

你的确是存在的
你有时是有的
有时又确实是无的
我不习惯这种有
也不喜欢这种无

忘记你你又切切地存在
寻求你你又无迹可寻
你之于我之外的存在
令我感觉到你的虚无
感觉到你的存在我又在隐隐作痛
我和你共同存在时
你在我体内已成为我

那时
我已不再是我
我也就成为我的异物

——《一种存在》

这种基于玄想的作品，在赵琼的诗歌当中并不多见，却体现出了她写作的一种潜能。孤独的人是天然的思想家，存在与虚无，“我”与“非我”，这些深刻的思索被她巧妙地通过男女关系的暗喻表达出来，很是通透。诗歌作为精神性的指向，往往是虚无与存在的中间体，感知得到，却无法成形。就像我们的日常生活，并不完美，甚至四处透风，却无法修缮。时光会把我们身体里的漏洞扩大，直到无法遮掩的程度，然后诗歌就这样出现了，为我们提供生的依赖，抵抗虚无，安慰无法治疗的心灵创伤——这既是一种补偿，也是独立于物质世界之外的超脱性的存在，是暗夜里的灯塔，为迷航的人指引方向。赵琼的诗源于生活，意象带着体温，意境与现实浑然一体，令人掩卷沉思，喟然叹息。

2017 年 12 月 19 日于水映唐庄

作者简介：张延文（1970—），河南方城人，文学博士、博士后，郑州师范学院中原作家研究中心副主任，主要从事诗学、社会学方面的研究，著有《新时期（1978—2011）诗群流派研究》等。

写在后面

多少年来，我一直坚持着低调而简单的生活，坚持着我对文学和生活的热爱。敬畏生活，敬畏生命，对诗歌一直保持着我的热爱和敬畏之心，对人生、对世人一直保持着我最原始、最质朴的情感。面对生活中的种种磨难和艰辛，我拥有的只是一颗原始的并不强大的心脏，在一次次的疾病中，在一次次的磨难里，我开始变得坚强而无畏。一些突如其来的变故，一些突然而至的灾难，也使我变得坚韧勇敢。我承担着我应该承担的一切，我知道，我必须承担这些苦难和责任，这责任，贯穿我和儿子一起生活的每一天，它在我和儿子相依为命的每一个日子里，在我每日的觉醒里，在我每时每刻的自塑里。

很多事情，我考虑再三依旧存有遗憾；很多情感，我倍加珍惜却依旧会走远；很多人，我不去亲近却依旧真挚。我坚持这样愚笨地活着，没有机巧，没有智慧。像写了这么多年的诗，像爱了这么多年的爱，一些坚持，一些无奈，收获的是今日不需要结果的结果。

这本诗集是我对自己诗歌的一个总结，它既是对过往岁月的怀念，也是对生命的一次祭奠……

我手上有两本朋友赠的河南大学出版社的书，一本是克洛德·列维·施特劳斯的《神话与意义》，一本是获得2016年诺贝尔文学奖的鲍勃·迪伦的自传《鲍勃·迪伦编年史》。这本书在迪伦获奖几年前就出版了。这些都是学术前沿的论著，设计与印刷的简洁、精美，让人心生敬意。由于对河南大学出版社心仪已久，诗集编好后，我发给了河南大学出版社的陈林涛老师，他审阅后把诗稿转荐给社长兼总编的张云鹏先生。

感谢河南大学出版社的陈林涛老师、张云鹏社长的知遇和厚爱，并给予最大的关照和鼓励，这对我无疑是最大的馈赠，也是最大的肯定！感谢责任编辑韩琳老师的认真负责，本书数度添加、修改内容给她增加了很多工作量，她不辞辛苦一次次地精心编辑，不放过一个不够规范的字，甚至为某段涉及音乐史料的文字反复查找资料，她的敬业精神使我心生敬意。在每次的沟通中更加发现她的细致以及对文字的敏感和深厚的文学修养，在此深表感谢！并为增加的工作深表歉意！

2012年3月

修改于2018年4月13日